ALEX LÉPIC

LACROIX UND DER AUFTRAGSMORD IM TGV

SEIN ACHTER FALL

ROMAN

Wenn Sie zweimal jährlich über unsere Neuerscheinungen
informiert werden möchten, schreiben Sie uns bitte an:
newsletter@kampaverlag.ch oder
Kampa Verlag, Hegibachstr. 2, 8032 Zürich, Schweiz

DIE GRÜNE SEITE DER KAMPA RED EYES
Gedruckt auf säurefreiem und chlorfrei gebleichtem
Papier zur Unterstützung verantwortungsvoller Waldnutzung,
zertifiziert durch das Forest Stewardship Council.

Veröffentlicht als Kampa Red Eye
Alle Rechte vorbehalten
Copyright © 2025 by Kampa Verlag AG,
Hegibachstrasse 2, CH-8032 Zürich
info@kampaverlag.ch
GPSR-Kontakt: Schöffling & Co. Verlagsbuchhandlung GmbH,
Kaiserstraße 79, D-60329 Frankfurt am Main
info@schoeffling.de
Der Verlag behält sich eine Nutzung des Werks für Text- und
Data-Mining im Sinne von § 44b UrhG ausdrücklich vor.
Covergestaltung: Lara Flues, Kampa Verlag
Coverillustration: Giordano Poloni © Kampa Verlag
Satz: Tristan Walkhoefer, Leipzig
Karte auf Vor- und Nachsatz: Peter Palm, Berlin
Gesetzt aus der Stempel Garamond LT / 1. Auflage 2025
Druck und Bindung: Livonia Print, Riga
Auch als E-Book erhältlich
ISBN 978 3 311 12579 2

www.kampaverlag.ch

Der blaue Zug

Er kannte Docteur Obert seit Jahrzehnten als gepflegten, unterhaltsamen und stets gefassten Mann. Deswegen war Lacroix überrascht, als er ebenjenen Obert an diesem Samstagmorgen auf der Straße unterhalb seines Fensters stehen sah, nachdem sein Sturmklingeln ihn und seine Frau lange vor ihrer üblichen Aufstehzeit aus dem Bett geworfen hatte. Entgegen seiner Natur öffnete der Commissaire noch unangekleidet das Fenster und lehnte sich über die schmiedeeiserne Brüstung, um einen genaueren Blick auf den Gerichtsmediziner werfen zu können.

Was er sah, beunruhigte ihn: Die Augen des frühmorgendlichen Besuchers lagen tief in den Höhlen, er war blass und trat unruhig von einem Fuß auf den anderen, er trug keine Fliege, und seine Anzugjacke war falsch geknöpft. Alles in allem wirkte er wie ein Mann, der die Fassung verloren hatte.

»Docteur«, rief Lacroix aus dem Fenster, »was gibt's?«

»Kann ich raufkommen, Lacroix? Ich habe die ganze Nacht kein Auge zugetan.«

Der Commissaire warf Dominique, die sich hinter ihm rasch in einen Morgenmantel hüllte, einen Blick zu. Er schüttelte den Kopf und rief herunter: »Ich komme zu Ihnen, Docteur.«

»Was ist denn mit ihm?«, wollte seine Frau wissen. Sie

hatte den Gerichtsmediziner nicht gesehen, aber offenbar schon am Klang seiner Stimme erkannt, dass etwas nicht stimmte.

»Ich werde es gleich erfahren«, entgegnete Lacroix, »wenn ich wiederkomme, dann frühstücken wir.« Noch während er den Satz aussprach, spürte er, dass er nicht wirklich daran glaubte. Obert war keiner, der andere im Morgengrauen störte oder leichtfertig um Hilfe bat.

Rasch zog der Commissaire sich an und stiefelte die Treppen hinunter. Er öffnete die Tür, und der kühle Herbstwind schlug ihm entgegen. Der Docteur stand vor dem Haus, genau wie eben, und schaute noch immer leicht schräg nach oben zum Fenster. Sein Blick senkte sich erst, als Lacroix direkt vor ihm stand.

»Oh, Verzeihung, Commissaire, ich war so in Gedanken.« Er riss die Augen auf, als wäre er eben aus einem Traum wachgerüttelt worden.

»Wenn Sie mich ›Commissaire‹ nennen, Docteur, dann stimmt etwas ganz und gar nicht. Kommen Sie, gehen wir hier herüber.«

Er hakte den Mann – wieder nicht seiner Art entsprechend – unter und führte ihn geschwind über die noch menschenleere Einkaufsstraße ins kleine Café du Marché, das zu dieser frühen Stunde als Einziges schon geöffnet hatte. Auf der Terrasse saß nur ein Mann mit Hut unter einem Heizpilz, Lacroix setzte sich an den am weitesten entfernten Tisch. Er machte eine Geste in Richtung Bar und hörte von drinnen: »*Deux cafés*, sofort.«

»Und jetzt raus damit, Docteur, was hat Sie um den Schlaf gebracht?«

»Es ist … wie soll ich sagen? Ich glaube ja selbst, dass

es Unfug ist. Jedenfalls habe ich das den ganzen gestrigen Nachmittag über geglaubt. Ich stand an meinem Sektionstisch und sagte mir immer wieder: Obert, das ist doch Unfug. Das hast du doch nur falsch verstanden, sagte ich. Heute Nacht kamen dann aber die bösen Gedanken, und ich habe mich stundenlang in meinem Bett hin- und hergewälzt, weil die Worte mir nicht aus dem Kopf gegangen sind.«

Lacroix atmete einmal tief durch. Dem Docteur war nur schwer ein verständlicher Satz zu entlocken, aber die Unruhe in seinen Augen beunruhigte auch den Commissaire vom bloßen Hinsehen. Langsam und beharrlich sagte er: »Können Sie mir sagen, um welche Worte es eigentlich geht, mein Lieber?«

Der Wirt kam und stellte die beiden Tassen vor ihnen ab. Der Gerichtsmediziner begann sogleich wie manisch, den imaginären Zucker in seinem *café* zu verrühren.

»Sie haben recht, Lacroix, ich sollte von vorn anfangen. Wie Sie wissen, gelüstet es mich ab und an nach einer längeren Mittagspause. Das Institut liegt ja nicht weit entfernt von der Gare de Lyon, man kann fußläufig dorthin gelangen. Gestern war so ein Tag, und ich genoss die Aufmerksamkeit des vorzüglichen Oberkellners Philippe im Train Bleu. Das Mittagsmenü dort ist wirklich ausgezeichnet und die Preise bei Weitem räsonabler als am Abend. Ich saß also an meinem liebsten Tisch, von dem aus man einen wunderbaren Blick auf den Gastraum hat. Man beobachtet die Menschen so gern, wenn man ihnen sonst nur nach ihrem Ableben begegnet, verstehen Sie, Commissaire?«

»Bitte, fahren Sie fort«, sagte Lacroix. Er trank seine

Tasse mit dem kräftigen Espresso aus, blieb dabei aber hochkonzentriert.

»Das Menü begann mit dem limettenmarinierten Oktopus auf Kichererbsen. Einfach phantastisch. Ich war sehr früh dran und fühlte mich ganz schön allein in dem großen Raum. Das Restaurant war noch fast leer, nur hinter mir hatten zwei Gäste schon ihr Essen vor sich, frühe Reisende, dachte ich. Ich habe überhaupt nicht auf sie geachtet. Was für ein Ärger.«

Lacroix konnte fast nicht mehr an sich halten, so ausschweifend und langatmig war die Schilderung des Gerichtsmediziners.

»Als die Hauptspeise kam, war das Restaurant dann schon gut gefüllt, und es herrschte großer Lärm. Ich hatte mir ein kleines Glas Roten gegönnt, deshalb dachte ich hinterher, ich müsste mich in meiner Weinlaune verhört haben. Und dennoch war mir, als hätte ich die beiden tiefen Stimmen hinter mir gut herausfiltern können. Es fing damit an, dass ich das Wort ›töten‹ hörte.«

Der Commissaire hielt den Atem an. Nun kamen sie also zum Kern der Geschichte.

»Von dem Moment an habe ich mich besonders auf die Stimmen konzentriert. Wie gesagt, es war sehr laut, und ich wollte ja nicht aufstehen, zu dem Tisch gehen und fragen: ›*Bonjour*, sagen Sie mal, wen wollen Sie im Zug nach Reims töten?‹«

»Ging es darum, Docteur?«, fragte Lacroix ungläubig und spürte sein Herz in der Brust schlagen. »Hat das jemand gesagt? Jemand soll im Zug nach Reims getötet werden?«

»Hören Sie, Commissaire …«

»Docteur Obert«, unterbrach der ihn, »ich weiß, Sie werden mir jetzt gleich sagen, Sie hätten sich bestimmt verhört und das sei alles ›Unfug‹. Doch ich bitte Sie voller Vertrauen, sprechen Sie einfach weiter. Ich kenne Sie nun schon so lange und weiß: Wenn Sie wegen eines Details alarmiert sind, dann kann ich dem trauen. Und da wir nun schon einmal hier zusammensitzen, bitte ich Sie, genau wiederzugeben, was Sie gehört haben.«

2

Das Déjeuner des Docteur Obert

Die Lammkeule provenzalischer Art war außen scharf angebraten und innen noch blutig-zart, der Maître hatte ihm eben direkt am Tisch auf dem Holzbrett eine dicke Scheibe abgeschnitten. Der Braten galt als die Spezialität des Hauses. Dazu hatte die Küche ein cremiges Gratin dauphinois geschickt. Genussvoll aß er den ersten Bissen, als der Kellner an den Tisch trat und ihm das zweite Glas vom roten Chinon servierte.

»*Merci*«, murmelte Docteur Obert, doch der junge Mann in schwarzer Weste und Fliege war schon wieder verschwunden. Er hörte Geld klimpern, offenbar beglichen die Reisenden hinter ihm ihre Rechnung. Docteur Obert kostete vom Wein, der perfekt mit dem Lamm harmonierte, und verschluckte sich auf einmal an einem Stück Fleisch, hustete kräftig, und genau in dieser Schrecksekunde hörte er hinter sich im nächsten Séparée das Wort: »… töten.«

Er war wie vom Donner gerührt und versuchte, sich auf seiner mit dunkelblauem Stoff bezogenen Sitzbank möglichst unbemerkt umzudrehen. Doch der Tisch hinter ihm lag außerhalb seines Sichtfeldes. Er wandte sich wieder dem Essen zu, seine Konzentration aber verblieb im anderen Séparée. Nur Wortfetzen wehten herüber, einzelne Worte, die Oberts Hände erzittern ließen. Vielleicht lag es auch an der Härte in dieser Stimme, sie klang irgendwie animalisch. Er spürte kalte Schauer über seinen Rücken laufen.

»... nimmt den Zug nach Reims ... das älteste Haus ... Montag ... gute Gelegenheit ... im Zug töten.«

Im Zug töten. Er stieß gegen sein Glas, als er diese Worte hörte, und es kippte um und landete mit einigem Klirren auf dem Teller. Der gute Bordelais verteilte sich über die weiße Tischdecke, und auch die Mahlzeit war verdorben. Er spürte die Blicke der Restaurantgäste an den Tischen ringsum, am liebsten wäre er im Boden versunken. Sofort war der Kellner wieder da, reichte ihm zwei Stoffservietten und nahm das Glas vom Tisch.

»Alles in Ordnung, Monsieur Obert?« Nun kam auch Philippe, der alte Oberkellner, dazu. »Sie sehen etwas blass aus.«

Nicht meinen Namen, dachte Obert erschrocken und zog den Kopf ein.

»Ich lasse Ihnen sofort einen neuen Braten bringen, Docteur«, versicherte Philippe, während sein junger Kollege die Tischdecke abzog. Als die beiden verschwunden waren, hob wieder das allgemeine Gemurmel an, und er wagte es, sich noch einmal vorsichtig umzuschauen.

Nein, dachte er. Und sprang auf. Er schob sich aus der Bank heraus und schaute in das nächste Séparée. Es war leer. Sie waren weg. Gegangen. Offenbar hatten sie das Chaos am Nachbartisch genutzt, um sich schnell und unauffällig aus dem Staub zu machen.

Oder ...

Nur schwerfällig drängte der Gedanke sich ins Bewusstsein des Gerichtsmediziners: Oder hatte er einfach alles nur missverstanden und sich jetzt das schönste Déjeuner für eine Räuberpistole verdorben?

Aber er hatte die Worte so deutlich vernommen …

»Philippe, *mon cher*«, rief er durch den Raum, und der Oberkellner eilte mit sorgenvollem Blick herbei. »Es tut mir leid, ich fühle mich nicht wohl. Kannst du das Lamm wieder abbestellen? Ich komme nächste Woche zurück.«

»*Bien sûr, cher* Docteur. Aber bei Ihnen ist alles in Ordnung?«

»Alles gut, *merci*. Nur die viele Arbeit, nehme ich an. Ich bin ganz schön durch den Wind.«

»Ja, das Verbrechen schläft nicht. Es schläft nie.« Der Oberkellner nickte eifrig und half dem Docteur in seinen Mantel.

Obert starrte noch eine Weile auf die grüne Sitzbank, auf der der Mann mit der finsteren Stimme gesessen hatte. Als Philippe sich umdrehte, nahm er kurzerhand die zwei kleinen Wassergläser vom Tisch, die noch nicht abgeräumt worden waren, und steckte sie in seine Manteltasche.

3

Das heißt, Sie haben die Gläser, und wir haben damit zumindest Fingerabdrücke von diesen Männern?«

»Na ja … ich bin mir vor dem Restaurant wahnsinnig dumm vorgekommen und habe nach einem Mülleimer Ausschau gehalten.«

»*Mais non!*«, rief Lacroix aus und ließ fast die Espressotasse fallen – seine dritte seit dem Beginn der Erzählung.

»Aber ich habe dann doch beschlossen, sie mitzunehmen. Es war so ein Gefühl.«

Der Commissaire atmete auf. »Eine sehr weise Entscheidung. Konnten Sie schon etwas daran feststellen?«

»Wo denken Sie hin? Ich habe die Gläser ganz hinten in meinen Büroschrank gestellt, weil ich meinen Ohren eben nicht getraut habe. Doch die Nacht hat mich eines Besseren belehrt. Und jetzt bin ich hier.«

»Ich muss sagen: Ich teile Ihre Sorge. Auch wenn ich hoffe, dass das alles nur ein dummer Scherz ist.«

»Es klingt doch wie ein dummer Scherz, oder? Was meinen Sie, Commissaire?«

»Nehmen wir mal an, es wäre keiner. Was haben wir dann? Einen Mann. Der nach Reims fährt.«

»Es könnte auch eine Frau sein.«

»Sie haben recht, Docteur, Sie haben recht«, grummelte Lacroix und kratzte sich an der Stirn. »Wenn wir der Zeitangabe Glauben schenken, dann fährt er am Montag?

Das wäre übermorgen. Und es geht um ein Haus … das älteste Haus. Was kann das bedeuten?«

»Das älteste Haus von Reims?«

»Ergibt das Sinn? Wir werden sehen. Und der Mord soll im Zug stattfinden. Das ist nicht gerade wenig.«

»Ich finde, das ist gar nichts. Wissen Sie, wie viele Züge täglich nach Reims fahren?«

»Mehr als zehn, nehme ich an«, sagte Lacroix schulterzuckend. »Das wird ein hektischer Montag, fürchte ich.«

»Aber warum sollten die beiden sich darüber in aller Öffentlichkeit unterhalten?«

»Nun, so öffentlich war es doch gar nicht. Lange vor der Mittagszeit, der *resto* war fast leer, das Gespräch schon fast zu Ende, als sie ankamen. Und Sie konnten nicht einen einzigen Blick auf die Männer werfen?«

»Unverzeihlich, ich weiß, Commissaire.«

Lacroix schüttelte den Kopf.

»Machen Sie sich keine Vorwürfe, Docteur. Ich würde sagen, Sie gehen jetzt noch einmal nach Hause und legen sich ins Bett, und wir treffen uns um elf Uhr beim Train Bleu. Dann stecken die Mitarbeiter dort in den Vorbereitungen. Ich würde als Erstes gern mit Ihrem Philippe sprechen. Vielleicht kannte er die Gäste ja.«

4

Es ist unser Wochenende, so komm doch mit«, bat er, und Dominique lächelte ihn an. »Seit du das Rathaus leitest, haben wir doch nur die Wochenenden …«

»Ich weiß, du meinst es lieb, *mon commissaire*, aber ich sehe doch, wenn du Blut geleckt hast. Du würdest unser Essen nicht genießen, sondern wärst im Kopf längst woanders. Also tu mir den Gefallen, geh deiner Räuberpistole nach, und ich werde uns ein paar Blumen kaufen und danach Brigitte treffen. Die kommt heute aus Saint-Cloud in die Stadt. In Ordnung?«

»Denkst du wirklich, es ist eine Räuberpistole?«

»Eine Unterhaltung über einen Auftragsmord im Train Bleu? Das klingt mir schon gewaltig nach Hitchcock.«

Dominique hatte recht. Er würde sich ohnehin nicht konzentrieren können und ihnen beiden den Tag verderben. Lacroix zog die Stirn in Falten und verfiel in das grüblerische Schweigen, für das er auf dem Polizeirevier und in seinen eigenen vier Wänden bekannt war.

Eine Stunde später zog er allein los. Es war immer noch vor zehn, doch als er aus der Haustür auf die Rue Cler trat, kam ihm ein steter Strom von Menschen entgegen. Auf der Terrasse des Café Central saßen jetzt dicht gedrängt Paare und Familien, die Croissants und Omeletts frühstückten. Beim Blumenladen standen die Leute Schlange, genau wie beim Fischhändler gegenüber. Er liebte diese

Wochenendstimmung auf der Marktstraße, und es fiel ihm schwer, sich nicht davon anstecken zu lassen.

Lacroix hatte das Bedürfnis, nachzudenken. Also mied er den lauten Boulevard Saint-Germain und wich stattdessen auf die Seine-Quais aus, auf denen am Vormittag weniger Gedränge herrschte. Der Himmel über der Stadt strahlte in einem tiefen Blau, doch das klare Wetter hatte die Temperaturen über Nacht abstürzen lassen. Lacroix fror in seinem dünnen Sommermantel; er hätte doch schon zum Übergangsmantel greifen sollen. Auch seinen Hut vermisste der Commissaire. Dafür steckte er sich unter dem Pont Alexandre III die erste Pfeife des Tages an und ging dann gemessenen Schrittes am Wasser entlang, auf dem die Sonne tanzte. Nur einige Jogger überholten ihn und ein paar Fahrradfahrer, und Lacroix hielt sich immer auf der linken Seine-Seite gen Osten, stieg kurz vor der Île de la Cité die Rampe hinauf und ging dann entgegen dem Straßenverkehr über die Stadtinsel.

Nachdenklich betrachtete er den legendären ehemaligen Sitz der Pariser Kriminalpolizei und seufzte dabei schwer. 36, Quai des Orfèvres: Die dicken Mauern vis-à-vis Notre-Dame, wo Simenon schon seinen Maigret hatte ermitteln lassen, standen zwar noch, aber sie hatten ihre Bedeutung verloren. Die Brigade Criminelle hatte inzwischen ein hochmodernes gläsernes Gebäude im Norden der Stadt bezogen, nahe der Stadtautobahn, des Périphérique, das aussah wie der Sitz eines großen Konzerns. Die Funktionalität hatte wieder einmal eine alte Pariser Legende begraben, so waren die Zeiten heute. Kopfschüttelnd ließ er die Baustelle um die Kathedrale rechts liegen und ging am nördlichen Seineufer hinüber zur Île Saint-Louis. Er durchquerte die ruhigen kleinen Wohnstraßen derer, die sich das Leben in der absoluten Mitte der Stadt noch leisten konnten oder wollten. Auch hier gab es, in bester Lage, kleine Handwerksbetriebe und sogar eine alte Autowerkstatt. Selbst das zentralste Paris trug noch Spuren des alten Lebens in der berühmtesten Stadt der Welt. Nicht alles war verloren gegangen. Noch eine Seine-Querung, zur Linken die Bastille, und dann war es nicht mehr weit. Schon aus der Ferne sah er auf der großen Turmuhr der Gare de Lyon, dass er die Dauer seines Fußmarschs richtig eingeschätzt hatte. Es war zwei Minuten vor elf Uhr. Und er hatte jetzt einen klaren Kopf und fühlte sich durch die Bewegung gut durchgewärmt. Vor dem Bahnhofsportal lief Docteur Obert schon unruhig auf und ab.

Als sie sich vorhin voneinander verabschiedet hatten, war der Arzt ruhiger gewesen, deshalb hatte Lacroix gehofft, dass er seine alte Gelassenheit wiedergefunden hatte. Doch weit gefehlt. Schon eilte der Gerichtsmediziner auf ihn zu und nahm ihn an seine Seite.

»Kommen Sie, Commissaire, kommen Sie, man hat oben gerade die Tür geöffnet. Wir werden also nachfragen können.«

Zusammen betraten sie die große Bahnhofshalle. Auf den Gleisen erkannte Lacroix aus der Ferne einige Schnellzüge, die sich bereit machten für ihre Fahrt durchs Land. Hier an der Gare de Lyon fuhren die TGVs in Richtung Süden und Südosten ab, in die Provence, nach Nizza und natürlich auch nach Lyon. Einige Reisende standen, wie er es auf Bahnhöfen oft beobachtete, orientierungslos herum, während es den anderen, die sich mit ihren Koffern wie eine Stampede durch die Menge drängelten, nicht schnell genug gehen konnte. Die typische Bahnhofsmelodie der SNCF knarrte aus den Lautsprechern: *Dip-dip-didip* ... Manchmal summte er sie, wenn sie mit dem Zug aus der Normandie zurückkamen, sogar zu Hause noch.

Obert konnte es kaum abwarten. Er hatte schon die halbe Treppe erklommen und sah ungeduldig zu Lacroix hinab. Das Train Bleu lag in der ersten Etage des Bahnhofs und entsprach so gar nicht dem Typus einer heutigen Bahnhofsgaststätte. Vielmehr stammte es aus den Zeiten, als Reisen noch etwas ganz Besonderes gewesen war. Und genauso war auch das Interieur ganz anders, als man es heute von einer Bahnhofsgaststätte erwartet hätte. Es wirkte eher, als wäre man zum Essen ins Château Versailles eingeladen, musste der Commissaire, der ewig nicht mehr hier gewesen war, wieder einmal zugeben.

Sein Staunen hielt einige Augenblicke an: das Staunen über die Höhe des Raums, über die gewölbte Deckenkonstruktion mit den unglaublichen Wandgemälden, über das Blattgold, das jede Oberfläche zierte, und über die riesigen Kronleuchter, die über dem noch menschenleeren Saal funkelten. Die großen Fensterfronten gingen zu beiden Seiten hinaus: auf den Bahnhofsvorplatz und zu den Zügen. Auf dieser Seite konnte man das Gewusel beobachten wie in einem alten Kino: die Menschen, die sich schnell bewegten, Koffer, die hin- und hergezogen wurden – eine einzige große Stummfilm-Szene, weil alle Geräusche von den dicken Teppichen, den Vorhängen und der klassischen Musik hier drin verschluckt wurden.

Die Kellner standen in einer kleinen Runde, als hielten sie eine Besprechung ab.

Lacroix trat Docteur Obert versehentlich in die Hacken, weil der plötzlich im Mittelgang stehen blieb und sich hektisch umwandte.

»Mir ist noch was eingefallen, Commissaire, auf dem Weg hierher.«

»Ja?«

»Ich habe nur die Stimme des einen Mannes gehört. Der andere, der hat gar nicht gesprochen. Der hat immer nur zustimmend gemurmelt, das klang ganz merkwürdig.«

»Meinen Sie, er war stumm?«

Obert suchte im Gesicht des Commissaire nach einem Hinweis, dass er zum Narren gehalten wurde.

»Docteur Obert«, ertönte da die Stimme eines hageren älteren Herrn mit schwarzer Fliege und schwarzer Weste über dem gestärkten weißen Hemd. Er kam auf sie zugeeilt, die Arme ausgebreitet. »War alles in Ordnung gestern? Geht es Ihnen besser?«

»Philippe, *merci*, ja, es ist alles wieder in Ordnung. Es lag auch gar nicht an Ihrem Essen, beileibe nicht. Wir sind … sozusagen dienstlich hier. Das ist …«

»Commissaire Lacroix«, fiel Philippe ihm ins Wort, »verzeihen Sie, dass ich Sie nicht gleich erkannt habe, herzlich willkommen im Train Bleu. Eine Ehre, Sie hier bei uns zu haben. Ihre Frau … ich muss Ihnen sagen: Ich bin wirklich begeistert von unserer neuen Bürgermeisterin.«

Lacroix nickte freundlich. Lob für Dominique war ihm angenehmer als Lob für sich selbst. »Möchten Sie einen Tisch für zwei?«

»Haben Sie vielen Dank, Monsieur. Zuerst würden wir gern mit Ihnen sprechen. Dann verstehen Sie auch besser, warum unser beider Freund«, er wies auf Obert, »gestern etwas unpässlich war.«

Der Maître des Train Bleu musste ein diskreter, ja verschwiegener Mann sein, der Beruf verlangte, jeglicher Neugier abzuschwören – und doch glaubte der Commissaire jetzt ein Leuchten in Philippes Zügen zu bemerken, eine gewisse Fiebrigkeit.

»Natürlich«, sagte er, »folgen Sie mir. Ich lese alles über Ihre Fälle, Commissaire Lacroix. Ich hätte nicht gedacht, dass ich je die Gelegenheit bekäme, Ihnen bei einem behilflich zu sein.«

Sie ließen sich, einander gegenüber, auf zwei blauen Lederbänken an einem Tisch nieder. Obert rückte dicht an Lacroix heran, als wollte er sich seiner versichern.

»Nun, noch hoffen wir, dass es gar nicht zu einem Fall kommt. Gestern aßen mit Docteur Obert noch zwei weitere Gäste in Ihrem Restaurant. Es war sehr früh am Mittag. Sagen Sie, haben Sie die Männer zufällig bedient?«

»Nein, leider nicht. Das war ein junger Kollege von mir, Jean-Pierre, der heute seinen freien Tag hat. Ein junger Vater, er arbeitet nur unter der Woche.«

»Verstehe. Würden Sie uns die Adresse Ihres Kollegen geben?«

»Natürlich. Ich suche sie Ihnen gleich heraus.« Philippe wollte eben aufstehen, aber Lacroix hielt ihn zurück.

»Aber gesehen haben Sie die Herren natürlich trotzdem?«

»Ja, *bien sûr*. Ich begrüße jeden, der das Train Bleu betritt.«

»Kannten Sie die Gäste?«

»Leider muss ich das verneinen, Commissaire. Ich bin mir sogar sicher, sie nie zuvor gesehen zu haben.«

»Was hatten die Herren denn zum *déjeuner*?«

»Hm, da muss ich eine Kassenabfrage machen, das geht nur im Büro. Nach dem Mittagsgeschäft kann ich nach nebenan gehen und Ihnen die Rechnung dann am Nachmittag ins Büro faxen. Aber ich weiß, dass sie bar bezahlt haben. Kreditkartendaten haben wir also keine.«

»Das hatte ich auch nicht erwartet. Aber es macht nicht unwahrscheinlicher, dass wir es vielleicht doch mit einem neuen Fall zu tun haben«, sagte Lacroix. Heutzutage zahlten die meisten Menschen mit Karte, wer immer noch Bargeld dabeihatte, machte sich dadurch nicht weniger verdächtig.

»Was war denn mit den beiden Herren, Commissaire?«

Obert beugte sich über den Tisch und setzte zu sprechen an, doch Lacroix legte ihm die Hand auf den Unterarm. »Mein lieber Freund hat eine Unterhaltung mitangehört, die uns einen Hinweis auf ein eventuell bevorstehendes Verbrechen geliefert hat. Aber mehr kann ich Ihnen zu diesem Zeitpunkt nicht sagen, bedaure.«

»Ach was, na, wie ich immer sage: Das Verbrechen schläft nicht.«

»Können Sie die Gesichter der beiden Männer beschreiben?«

»Ich denke nicht«, erwiderte der Philippe. »Ich hatte gestern selbst Tischgäste, und wir waren sehr gut besucht, mittags und abends je hundertfünfzig Gäste, da habe ich keine klare Erinnerung, so leid es mir tut.«

»Gut, Monsieur, ich danke Ihnen vielmals«, sagte Lacroix. »Ach, gibt es hier oben eigentlich Videoüberwachung?«

»Commissaire, für Sie wäre es gut, aber wir haben viele prominente Gäste, wir sind der Diskretion verpflichtet. Allerdings ist der Bahnhof überwacht, wie Sie wissen. Sie sollten es also bei Ihren Kollegen probieren.«

»Das werden wir. Ich danke Ihnen.« Lacroix wollte sich erheben, doch Philippe hielt ihn mit einer ausladenden Geste zurück.

»Ich kann nicht zulassen, dass Sie unser Restaurant an einem Wochenende zu dieser Uhrzeit verlassen, ohne hier gegessen zu haben. Und Ihnen, Docteur, sind wir auch noch eine Hauptspeise schuldig. Also lehnen Sie sich zurück, ich serviere Ihnen sofort den Plat du Jour. Der Mensch muss auch mal pausieren, oder, Commissaire?«

Darauf fiel Lacroix beim besten Willen keine Erwiderung ein.

5

Noch vom Restaurant aus hatte er im Commissariat angerufen. Philippe war etwas näher am Telefon stehen geblieben, als statthaft gewesen wäre. Aber Lacroix hatte seine Assistentin Jade Rio ohnehin nur gebeten, den jungen Kellner von zu Hause abzuholen und aufs Revier zu bringen. Rio war diejenige, die an diesem Wochenende auf Bereitschaft im Büro saß.

Der Maître hatte sich geweigert, ihr Geld anzunehmen.

Nachdem er sich vor dem Bahnhof von Docteur Obert verabschiedet hatte, trat der Commissaire den Weg in Richtung Boulevard Saint-Germain an. Die kühle Luft tat ihm gut, denn das Kotelett vom Duroc-Schwein mit dem Gratin dauphinois lag ihm doch etwas schwer im Magen. Die Köche im Train Bleu geizten weder mit Butterschmalz noch mit Sahne. Die kleine Flasche Sancerre hatte ihr Übriges getan.

An der Seine flogen die Möwen ganz dicht über seinen Kopf hinweg. Ob es heute noch Regen geben würde? Vom Boulevard bog er ab in die Rue Montagne Sainte-Généviève, die steil bergan in Richtung Panthéon führte. Sein Ziel lag aber ganz am Anfang der langen, engen Straße auf der rechten Seite: der graue Betonbau aus den sechziger Jahren, ein bunkerartiger Kasten mit kleinen Fenstern, der das Commissariat der fünften und sechsten Pariser Arrondissements beherbergte. Die beiden Polizisten, die den Zugang zum Revier bewachten, öffneten schnell das Metalltor und salutierten schon, als Lacroix noch weit entfernt war. Immer wieder hatte er versucht, das den Wachen abzugewöhnen, aber irgendwann kapituliert. Ständig kamen neue junge Leute von der französischen Polizei, die ihren Dienst in der Hauptstadt versehen wollten. Im Wartebereich in der Eingangshalle war jeder Stuhl besetzt, das Wochenende war Hochzeit für Taschendiebe, und so waren viele aufgebrachte Stimmen in noch mehr verschiedenen Sprachen zu hören. Er fühlte mit der Polizistin, die all diese Beschwerden bearbeiten musste.

Angesichts der hohen Kalorienzufuhr beim *déjeuner* verzichtete Lacroix auf den Fahrstuhl und erklomm stattdessen in dem schäbigen Treppenhaus mit dem kalten Neonlicht die erste Etage, wo die Anzeigen der Bürger schließlich aufgenommen wurden, die zweite Etage, in der die uniformierten Beamten der einzelnen Quartiere ihren Fällen nachgingen, Diebstähle, Überfälle, solche Dinge. In der dritten Etage war das einzigartige Museum der Pariser Polizei untergebracht, eine kostenlose Ausstellung über die Historie von Lacroix' zahlreichen Vorgängern und ihre berühmtesten Fälle. Lacroix liebte dieses Museum und kam oft während besonders schwierigen Ermittlungen hierher, um zu grübeln und auf eine Eingebung, sozusagen auf die stille Mithilfe seiner Ahnen, zu hoffen.

Das Büro des Commissaire und seiner Brigade lag in der vierten Etage am Ende des Flurs, ein Großraumbüro, an dessen Ende wiederum sich das kleine fensterlose Büro von Lacroix befand.

Niemand war hier, der Raum völlig verwaist. Rio schien noch unterwegs zu sein. Der junge Kellner wohnte im vierzehnten Arrondissement, nahe der Place d'Italie. Lacroix durchquerte das leere Büro und setzte sich an seinen Schreibtisch, der penibel aufgeräumt war. Es war kurz nach der *rentrée*, Lacroix war erst vor zwei Wochen aus den Ferien gekommen. Zusammen mit Dominique hatte er vier Wochen in ihrem Haus in der Normandie verbracht, seine Frau war nur zweimal dienstlich nach Paris zurückgekehrt. Seitdem hatte er keinen ernsten Fall bearbeitet. Auch die Scheibe, an der sonst immer die Fotos von Zeugen und Verdächtigen klebten, war leer.

Die Zeit nach dem Urlaub war in Paris immer besonders friedlich: Die Bürger mussten wieder ins Büro und fingen schon an, die nächsten Ferien zu planen. Da blieb keine Zeit, einander umzubringen.

Normalerweise hatte er in diesen Tagen immer mit Anfällen von Langeweile und schlechter Laune zu kämpfen, doch diesmal hatte er es sich schön gemacht, hatte ausführlich zu Mittag gegessen und viele alte Akten studiert. Und jetzt, als er mit juckenden Fingern an seinem Schreibtisch saß, schien es Lacroix, als wäre das eine Vorahnung gewesen: lieber nicht nach einem neuen Fall suchen, weil etwas anderes, vielleicht viel Größeres auf sie zukam. Und Docteur Obert war nun darauf gestoßen.

Kaum hörte er Rios Pfeifen auf der Treppe, war er schon auf den Beinen. Gerade als er ins Großraumbüro ging, trat auch sie ein.

»Ist er hier?«

»Ja. Er war nicht zu Hause, aber mit seinem Kind im Garten auf dem Spielplatz. Ich habe mir gleich gedacht, dass er es ist. Er war sehr hilfsbereit und hat sich direkt bereit erklärt mitzuarbeiten. Er wartet unten im Verhörraum«, sagte die schwarze Polizistin, und dann erstaunt: »Na, Commissaire, Sie wirken ja wie aufgezogen.«

»Ich erkläre Ihnen später alles, Capitaine. Würden Sie mir den Gefallen tun und Überwachungsaufnahmen von den Kollegen an der Gare de Lyon besorgen? Von allen Kameras, wenn es geht. Und zwar von gestern zwischen elf und dreizehn Uhr. Lassen Sie sich das Material irgendwie schicken. Ich habe ja keine Ahnung, wie das funktioniert, sonst hätte ich es bereits selbst veranlasst.«

»Hach, was waren das noch für Zeiten, als Sie einfach Videokassetten in einen Rekorder stecken konnten, was?« Jade Rio lachte.

»Das habe ich auch gehasst. Die haben sich ständig verheddert.«

»Gut, ich lasse alles hierherschicken. Sollte da sein, wenn Sie von der Befragung hinaufkommen.«

»Danke Ihnen.«

Bevor Lacroix sich abwenden konnte, fragte Rio: »Ach, Commissaire – ist es was Ernstes? Soll ich Paganelli herholen?«

Lacroix sah sie an. »Noch nicht, verehrte Kollegin, noch nicht. Aber sagen Sie ihm, dass er am Sonntag keine seiner merkwürdigen Partys besuchen darf. Montag muss er sehr pünktlich hier sein. Vier Uhr dreißig, nicht später. Das gilt leider auch für Sie. Und wir brauchen eine komplette Mannschaft der Bahnpolizei. Würden Sie die bestellen? *Merci.* Und bis gleich.«

6

Entschuldigen Sie bitte, dass wir Sie an Ihrem Wochenende von Ihrer Familie weggeholt haben, Monsieur. Ich konnte nicht zu Ihnen ans andere Ende der Stadt fahren – und da die Zeit gedrängt hat …«

Lacroix bemühte sich, seiner Stimme einen freundlichen Klang zu verleihen, denn der Mann namens Jean-Pierre war recht nervös auf seinem unbequemen Stuhl umhergerutscht, als er eintrat. Unstet wanderte sein Blick durch den Raum, und sein Karohemd war oben falsch zugeknöpft. Er sah aus wie die junge Version des verstörten Docteur Obert. Aber wer konnte ihm das in der Situation verdenken?

»Schon in Ordnung«, sagte er, »aber was ist denn los? Ihre Kollegin hat gar nichts gesagt.«

»Ja, das tut mir leid. Sie war selbst nicht informiert, weil alles sehr schnell ging. Ich komme eben aus dem Train Bleu, und wir haben Ihre Adresse von Ihrem Vorgesetzten erhalten.«

»Um was geht es denn, Commissaire?« Der junge Mann war nun wirklich ungeduldig.

»Sie hatten gestern noch vor zwölf Uhr zwei Gäste, die in der Nähe meines Freundes, Docteur Obert, saßen. Ich kann Ihnen leider nichts Genaueres sagen, aber wir versuchen, diese Männer zu identifizieren. Das könnte entscheidend sein, um ein Verbrechen zu verhindern.«

»Ja, ich erinnere mich an die beiden. Zweimal *plat direct*. Ein Steak frites, *bleu* gebraten und einmal das Tartare, von mir zubereitet.«

»So genau wissen Sie das noch?«

»Ich liebe meinen Beruf, wissen Sie?«, antwortete der junge Mann stolz.

»Wenn Sie die Männer jetzt noch beschreiben können, dann bin ich überzeugt, dass Sie eines Tages Oberkellner im Train Bleu sein werden.«

»Oh, Commissaire«, sagte Jean-Pierre, »Gerichte kann ich mir sehr gut merken, aber Gesichter? Seitdem ich Papa bin, bin ich außerdem ständig müde und vergesslich.«

»Ich schicke Sie zu unserem Phantombildzeichner, versuchen Sie es zusammen?«

»Ich gebe mein Bestes.«

»Gut, das reicht mir. Hören Sie: Wer hat das Essen bestellt?«

»Der Mann, der das Wort geführt hat. Er war Mitte, Ende vierzig, ein großer Mann, groß und kräftig. Wie ein Trainer aus einem Fitnessstudio. Ehrlich gesagt passte er nicht so gut in das Restaurant. Aber das ist ja mittlerweile auch egal, wir haben so viele Touristen, die Kaugummi kauen und lautstark telefonieren und Fotos schießen, da fällt ein etwas kerniger Franzose gar nicht auf.«

»Und er hat für beide bestellt?«

»Ja. Bestellt und auch für beide bezahlt.«

»Interessant. Haben Sie etwas von der Unterhaltung mitbekommen?«

»Nein, ich habe noch Tische eingedeckt, ich habe den Herren nur serviert.« Der junge Mann riss die Augen auf.

»Aber … warten Sie mal … jetzt, wo Sie fragen, fällt es mir ein. Da war ja dieses riesige Tamtam, als Docteur Obert sein Glas umgeworfen hat. Herrje, das kann ja jedem mal passieren. Aber er war schon sehr blass um die Nase. Ein paar Minuten nach diesem ganzen Chaos bin ich nach unten in den Bahnhof gegangen, um mehr Baguette zu kaufen, der Küchenvorrat war schon aufgebraucht. Da bin ich an den beiden Männern vorbeigelaufen. Der eine hat den anderen am Arm gepackt und ihn zurückgehalten. Er hat gesagt …«

»Was hat er gesagt?«

»Ich versuche, mich zu erinnern. Ich glaube, er sagte: ›Hier sind wir falsch. Der fährt hier nicht.‹«

»›Der fährt hier nicht‹?«

»Ja, genau. Und dann noch etwas, das habe ich aber nicht verstanden. Der eine Mann, der stumme, ist dann Richtung Metro abgebogen. Sie wirkten beide … irgendwie nicht ganz koscher. Sie trugen dann Mützen, die sie tief ins Gesicht gezogen hatten.«

»Sie hatten Mützen auf? Verdammt.«

Somit konnten sie sich die Überwachungsaufnahmen wahrscheinlich auch sparen. Andererseits: Wer wusste schon, wo die Kameras überall angebracht waren?

»Haben Sie vielen Dank, Jean-Pierre. Ich hoffe, der Phantombildzeichner macht nicht gerade Mittagspause. Meine Kollegin holt Sie gleich wieder ab, in Ordnung? Danke für Ihre Zeit.«

Schnell stapfte Lacroix wieder die Treppe empor.

»Das mit den Überwachungskameras dauert noch«, sagte Capitaine Rio. »Die Beamten haben gerade einen herrenlosen Koffer auf Gleis vierzehn.«

»Na, wenn man kein Glück hat, kommt auch noch Pech dazu«, erwiderte Lacroix. »Bringen Sie den jungen Mann bitte erst zum Phantombildzeichner – und danach wieder nach Hause, ja? Und dann brauche ich Sie für eine Recherche. Ich suche das älteste Haus von Reims.«

»Das verstehe ich nicht. Aber das ist ja nichts Neues. Können Sie mir nicht endlich mehr sagen?«

»Das werde ich, Capitaine, das werde ich. Nur ist es so, dass ich es auch noch nicht verstehe, und deshalb muss ich vorher noch etwas nachdenken. Ich bin im Chai, falls Sie mich suchen. Kommen Sie doch dorthin, wenn Sie etwas herausgefunden haben.«

7

Lacroix schien, als wäre er an diesem Tag immer genau da, wo das Leben tobte. Morgens auf der Rue Cler mit den Markthändlern und all denen, die die richtigen Zutaten fürs *dîner* zusammensuchten. Und nun lief er die Rue de Buci entlang, am späten Nachmittag, genau zu der Uhrzeit, zu der die ersten Pariser ihrem Apéro frönten.

In der Maison Sauvage saßen sie an den kleinen runden Tischen unter der herrlichen alten Fassade, an der sich ein Pflanzenmeer rankte, eine Mischung aus Glyzinien und Fuchsien und Amaranth, die fast bis auf die Köpfe der Gäste hinabhingen. Gleich dahinter überm Café Atlas eine hohe Hauswand, bemalt mit den Gemüsesorten des Marktes, Auberginen, Zwiebeln, Radieschen. Ein Bild aus längst vergangener Zeit. Über dieser Kulisse lag ein Klangteppich, ein Gewirr von Stimmen und Sprachen. Auch Alains Gemüseladen war geöffnet, aber der Samstag war seit jeher sein freier Tag: Diese Hektik überließ er lieber seinem Sohn.

So betrat Lacroix sein Stammbistro schräg gegenüber. Die roten Markisen waren ausgefahren, die Sonne hatte noch immer das Kommando über den Tag inne. Die Terrasse war voll, doch der Commissaire wollte ohnehin seinen Stammplatz an der Bar einnehmen. Und doch dauerte es mehr als fünf Minuten, bis sich Yvonne Abeille, die Wirtin, das erste Mal sehen ließ.

»Oh, Maigret, du heute hier?« Selbst in der größten Hektik nannte sie ihn bei seinem ungeliebten Spitznamen. »Na, das fehlt mir gerade noch«, fuhr sie fort und näherte sich, um ihm grinsend die drei *bises* auf die Wangen zu drücken. »Es ist die Hölle los, Herrgott, haben etwa alle ihr Gehalt überwiesen bekommen?«

»Kann ich nicht sagen, die Polizei zahlt immer zuletzt.«

»Unglaublich. Wo du doch sogar am Wochenende arbeitest. Ehrlich, ich würde gern mit dir plaudern, aber ich muss erst mal ein paar Bier zapfen. Für dich auch gleich eins?«

»Eigentlich wollte ich Tee trinken. Aber nun … sehr gern.« Er lächelte sie an.

Sie ließ das kühle Météor-Pils, Lacroix' Lieblingsbier aus dem Elsass, in die Tulpen laufen. Nach einer Minute stellte sie das Glas vor ihm ab und balancierte ihr Tablett nach draußen. »Aber gleich erzählst du mir, warum ich mich nun auch am Wochenende um dich kümmern muss – die arme Dominique.«

Er trank sein kaltes Bier in einem Zug. Aus der Küche waren die typischen Geräusche zu hören: das Klappern der Töpfe, das Zischen des Gasherdes, das Murmeln von Yvonnes Mann, während er die Teller anrichtete. Lacroix wunderte sich immer, wie der Koch in seiner winzigen Küche von gerade einmal vier Quadratmetern in kürzester Zeit so viele verschiedene Gerichte zustande brachte. Die vertraute Geräuschkulisse beruhigte ihn, doch bevor er ins Grübeln geraten konnte, hörte er schon Yvonnes Stimme hinter sich.

»So, *mon commissaire*, was treibst du hier an deinem freien Wochenende?«

»Ach, es ist so eine dumme Sache ... vielleicht ist es nichts. Docteur Obert will eine Unterhaltung mitverfolgt haben, in der ein bevorstehender Mord angekündigt wurde.«

»Obert? Na, wenn da mal am Vorabend nicht der Genosse Chablis zu Gast war.« Sie lachte ihr raues Lachen. Es stimmte: Der Gerichtsmediziner war für seinen Durst bekannt. Und trotzdem war er kein Schwätzer.

»Sag, hast du eine Idee, was mit ›dem ältesten Haus von Reims‹ gemeint sein könnte?«

»Reims? Pah, in Reims kenn ich mich nicht aus.«

Dieser freimütige Satz kam für Lacroix aus Yvonnes Mund so überraschend, als hätte der Chai für mehrere Wochen geschlossen. Sie wusste stets über alles Bescheid – und wenn nicht, tat sie zumindest so.

»Zu Reims ...«, fuhr sie dann aber doch fort, »da fällt mir nur Champagner ein. Aber mich darfst du nicht fragen, ich bin und bleibe eben Gastronomin.«

»Hm, ich muss wohl bis Montag warten, bis ich erfahre, was es damit auf sich hat.«

»Ich würde den Fall ja gern für dich lösen«, sagte Yvonne, »aber ich muss wieder raus.«

Von der Terrasse winkte ein Mann mit schnipsenden Fingern in den Gastraum hinein. Lacroix bewunderte Yvonne für ihren Gleichmut. Nie hätte sie öffentlich ein schlechtes Wort über ihre Gäste verloren – sie war eine Wirtin im besten Sinne des Wortes.

Die Seitentür ging auf, und Jade Rio kam herein, mit dem ihr eigenen forschen und dennoch eleganten Schritt.

»Schön, kommen Sie, setzen Sie sich, wollen Sie etwas trinken?«

»Ich bestelle gleich was. Wollen Sie hören, was ich herausgefunden habe?«

»Schießen Sie los.«

»Das älteste Haus von Reims steht auf der Place Saint-Timothée, unweit vom Champagnerhaus Taittinger. Es wurde gerade aufwändig restauriert. Jetzt wird es als privates Wohnhaus genutzt, eine Familie wohnt dort, soweit ich in *L'Union* lesen konnte.« Wie jede Region Frankreichs hatte die Champagne ihre eigene Lokalzeitung, die von einem Großteil der Bürger gelesen wurde.

»Das klingt doch wie ein Treffer. Können Sie die Zeitung anrufen und fragen, ob sie mehr Informationen zur Geschichte des Hauses und zu den Besitzern haben? Ansonsten sollten wir versuchen, die Familie selbst zu erreichen. Ich glaube nach der Aussage des Kellners nicht, dass die Bilder der Überwachungskamera sehr aussagekräftig sein werden, aber schauen Sie bitte trotzdem darauf.«

»Mach ich alles, Commissaire. Übrigens kam noch ein Fax vom Train Bleu. Die Rechnung von einem Mittagessen gestern. Die Gäste haben bar bezahlt, sie hatten zwei Bier, ein Steak frites *bleu* und …«

»… ein Tartare.«

»Genau. Der Kellner war wirklich bemerkenswert. Ich habe seine Aussage gelesen.«

»Was halten Sie von der wichtigsten Sache in seiner Aussage?«

Sie betrachtete ihn kurz prüfend, dann fragte sie vorsichtig: »Sie meinen das Gespräch unten am Bahnsteig?«

Er nickte zufrieden.

»Ich bin auch darüber gestolpert, konnte mir aber keinen Reim darauf machen.«

»Der Angriff soll schon übermorgen sein, wenn Obert es richtig verstanden hat. Ob sie zuvor eine Art Probedurchgang machen wollten? Das nehme ich an. Der eine Mann wollte den Angriff genau vorbereiten, und dafür wollte er in den Zug nach Reims steigen. Aber der Zug nach Reims …«

»… fährt nicht an der Gare de Lyon ab«, fuhr Jade Rio auf. »Sie haben recht.«

»Sondern an der Gare de l'Est. Der Mann, der das Attentat ausführen soll, weiß das aber nicht, und der andere muss ihm die Pariser Bahnhöfe erklären. Was heißt das?«

»Er kommt nicht von hier.«

»Und er hat kein Wort gesagt, bei Tisch, meine ich. Vielleicht spricht er schlecht Französisch?«

»So wie Sie es erklären, klingt das sehr wahrscheinlich, Commissaire.«

»Wir werden sehen. Und nun trinken wir noch ein Glas zusammen. Yvonne? Zwei Gläser Roten, *s'il te plaît.*«

8

Das restliche Wochenende verlief zumindest arbeitstechnisch weitgehend ereignislos. Jade Rio hatte Lacroix am Samstagabend noch angerufen. Die Kamerabilder waren tatsächlich nicht zu gebrauchen: Man konnte die beiden Männer darauf zwar sehen – einen großen stämmigen und einen kleinen schlanken –, aber sie hatten ihre Mützen so tief in die Stirn gezogen, dass die Gesichter nicht zu erkennen waren.

»Scheint, als wären sie auf die Videoüberwachung vorbereitet gewesen«, hatte Rio gesagt.

»Das deutet nicht auf harmlose Gesellen hin«, gab Lacroix zurück.

Der Journalist der Zeitung *L'Union* hatte nicht viel mehr zum ältesten Haus der Stadt sagen können, als dass die Restaurierung nur wenige Monate zurücklag. Die Besitzer hießen Brauwiller und stammten ursprünglich aus dem Elsass. Doch im Haus selbst ging niemand ans Telefon.

»Bestimmt auf einem Wochenendausflug«, vermutete Rio.

Der Commissaire hatte ihr noch einen schönen Feierabend gewünscht und war dann mit Dominique und ihrer Freundin zu einem sehr langen *dîner* unweit der École Militaire aufgebrochen. Den Sonntag hatte er mit einem ausgiebigen Frühstück auf dem Balkon und mit

Zeitungslektüre verbracht, und erst nach einem langen Spaziergang durch den Bois de Bologne und einem kurzen Besuch in der Fondation Louis Vuitton, dem hochmodernen gläsernen Museum mitten im Park, stellte sich langsam wieder die Aufregung ein, was dieser Montag wohl bringen würde.

Denn eigentlich wussten sie gar nichts.

So legte sich der Commissaire sehr früh schlafen, während seine Frau noch stundenlang arbeitete. Nur im Unterbewusstsein nahm er wahr, wie sie nach Mitternacht zu ihm ins Bett kroch.

Er erwachte, bevor sein Wecker klingelte, so wie immer: Wenn schwierige Einsätze bevorstanden, funktionierte sein Körper wie ein bestens gewarteter Motor. Es war kurz vor vier. Lacroix wusch sich und kleidete sich leise an, dann ging er die Straße hinunter bis zur Avenue de la Motte-Picquet und hielt mit kurzem Winken ein Taxi an.

»Zur Gare de l'Est, *s'il vous plaît.*«

Der alte Taxifahrer musterte ihn im Rückspiegel kritisch. »So früh? Fährt da schon ein Zug?«

»Irgendwo kommt man immer an, hm?«

Lacroix ließ sich in den bequemen Ledersitz fallen. Er war kein bisschen müde. Gare de l'Est. Gare de Lyon. War das wirklich ein Irrtum gewesen? Anders als viele andere Hauptstädte in Europa hatte Paris nicht einen großen Hauptbahnhof, sondern traditionell mehrere große Stationen in allen Vierteln der Stadt verteilt, von denen aus die Züge dann immer in die jeweilige Himmelsrichtung fuhren. Von der südlichen Gare de Montparnasse etwa ging es in den Südwesten des Landes, nach Bordeaux und

Biarritz, von der Gare de Lyon nach Südosten, also nach Avignon, Aix und Nizza sowie natürlich auch nach Lyon. Die Gare du Nord bediente die Normandie und den Norden – und die Gare de l'Est wiederum den ganzen Osten, das Elsass und eben die Champagne. Heute würden sie diese Strecke, wenn seine Befürchtungen zutrafen, sehr oft fahren.

»Wenige Nachtschwärmer unterwegs?«

»Paris ist wie ausgestorben, wie immer in der Nacht von Sonntag auf Montag. Die wilden Zeiten dieser Stadt, die sind lange vorbei.«

»Na, unsere auch, oder?«, gab Lacroix zurück.

»Hm«, murmelte der Fahrer.

Fünfzehn Minuten später hielt das Taxi auf dem leeren Bahnhofsvorplatz. Es war immer wieder beeindruckend, wie kurz die Wege in Paris eigentlich waren, weil die Stadt in ihren engen Grenzen nicht weiter wachsen konnte. Nur durch das permanente Verkehrschaos konnten am Tag aus einer Viertelstunde mal eben zwei Stunden werden – genau deshalb bevorzugte es der Commissaire, alle Wege per pedes zu bewältigen.

Die Uhr am Portal zeigte auf die Minute genau halb fünf, vor der *gare* standen nur zwei Taxis mit laufenden Motoren, weil es so kalt war, dass die Fahrer wohl die Heizung angeschaltet hatten.

Lacroix bezahlte, dann ging er raschen Schrittes in das Bahnhofsgebäude, das mit seiner Fassade aus Sandstein ähnlich prachtvoll aussah wie das der Gare de Lyon.

Sechs oder sieben Beamte der Bahnpolizei standen schon uniformiert am Eingang zu Gleis zwölf bereit, und von rechts und links kamen gerade auch seine beiden Kollegen auf ihn zu. Jade Rio kam sicherlich aus dem Parkhaus, während Paganelli das Fahrrad genommen und in der Rue d'Alsace abgestellt hatte. Die Metro fuhr zu dieser frühen Stunde nämlich noch nicht.

»Guten Morgen«, grüßte Lacroix, als alle zusammenstanden. »Ich würde Sie bitten, gleich, wenn der Betrieb hier zunimmt, die Uniformen auszuziehen und sich in Zivil zu bewegen. Wir dürfen auf keinen Fall Aufsehen erregen.«

Die Beamten nickten. Die meisten von ihnen wirkten hocherfreut darüber, dass sie zu einem Einsatz der Brigade Criminelle hinzugebeten worden waren.

»Was haben wir heute vor? Wenn unsere Hinweise zutreffen, dann können wir heute einen Mord verhindern. Ein Mensch soll im Zug nach Reims getötet werden. Das Problem: Wir wissen weder, wer es ist, noch, in welchem Zug er oder sie sitzen wird. Es gibt eine Beschreibung der Männer, die das Attentat besprochen haben, auch wenn sie nicht sehr genau ist. Die Phantombilder haben sie alle vor sich?«

Wieder nickten alle.

»Gut. Es ist möglich, dass der vermeintliche Mörder kein Franzose ist. Auch wenn uns das nicht viel weiterhilft, weil wir ja nicht jeden Passagier einzeln auf seine Sprachkenntnisse testen können. Wer leitet Ihre Einheit?«

Eine Frau Mitte vierzig hob die Hand. Sie trug das dunkle Haar zu einem Zopf unter ihrer Polizeimütze gebunden. »Commissaire Beni-Ansem«, sagte sie, »sehr erfreut, Commissaire.«

»Ganz meinerseits. Können Sie mir sagen, um wie viele Züge nach Reims es heute geht?«

»Wir haben insgesamt acht TGVs. Einer von ihnen ist aber schon seit acht Tagen ausgebucht. Um den kann es also nicht gehen, da die Besprechung der Täter erst so kurz zurückliegt.«

Lacroix nickte, während die Beamtin fortfuhr.

»Die ersten beiden Züge des Tages sind fast ausgebucht, etwa dreihundertfünfzig Plätze sind jeweils besetzt. Am Vormittag wird es üblicherweise ruhiger, da sind es zweimal nur rund hundertsechzig Reservierungen. Am Nachmittag haben wir einmal nur rund achtzig reservierte Plätze, bevor es am frühen Abend wieder voller wird. Zuletzt verkehrt sogar ein Duplex, das heißt, ein Doppelstockzug. In dem sind über vierhundertzwanzig Plätze verkauft.«

»Ein einzelnes Opfer aus zweitausend Reisenden finden. Na, das kann ja heiter werden«, sagte Paganelli.

»Ich hoffe, Sie hatten ein erholsames Wochenende«, erwiderte Lacroix augenzwinkernd. Mit einem Blick zur Anzeigetafel fuhr er fort: »Der erste Zug geht in anderthalb Stunden. Wir fahren immer in Teams mit, weil wir es nur mit Verzögerung zurück nach Paris schaffen. Also, im ersten TGV fahren Rio und ich mit vier Leuten Ihres Teams. Dann folgen Sie, Madame Beni-Ansem, mit meinem Kollegen Paganelli und vier weiteren Leuten ihres Teams. Einverstanden?«

»Einverstanden«, gab die Polizistin zurück.

»Wir nehmen jeweils den nächsten Zug nach Paris zurück. So geht's immer weiter, bis wir zuschlagen können. Wir wissen nicht, ob der Täter bewaffnet ist und wie er den Mord durchführen will. Ich zähle auf Sie. Auf Sie alle. Ich möchte heute Abend keinen Toten beklagen.«

Aller-retour

9

Der TGV Nummer 3219 mit dem Ziel Reims Centre Ville, Abfahrt sechs Uhr achtunddreißig auf Gleis zwölf. Der Zug ist zur Abfahrt bereit. Angehörige von Passagieren steigen bitte nicht in die Wagen ein.«

Die automatische Ansage schallte über das Gleis, und Lacroix warf einen letzten Blick auf den mittlerweile leeren Bahnsteig. Es war Montagmorgen, die Zeit der Pendler, deshalb war in den letzten Minuten mächtig viel los gewesen unter der eisernen Dachkonstruktion, die die Gare de l'Est überspannte. Ein Gewusel und Gerenne, hier und am Nachbargleis, wo ein ICE nach Frankfurt in Deutschland abfuhr. Nun aber, als der Commissaire die Durchsage hörte, stieg er schnell die zwei Stufen empor, und die Tür schloss sich zischend hinter ihm.

Er hatte ganz am Anfang des Bahnsteigs gewartet, Rio am Ende. Sie hatten sich alle Passagiere angesehen, aber in dem Strom von Menschen war es gänzlich unmöglich, jemanden auszumachen. Weder Täter noch Opfer. Weil sie schlichtweg nicht wussten, um wen es ging.

Lacroix hoffte auf irgendeine Eingebung, ein Zeichen. Ein Mann mit schlotternden Knien, ein Täter, der es sich anders überlegte und einfach aufgab, wenn er den Commissaire durch den Zug gehen sah.

Aber der Täter würde ihn nicht kennen, wenn er nicht aus Paris stammte – und so schien es ja.

Langsam setzte sich der Zug in Bewegung, unterquerte den Boulevard de la Chapelle, wurde dann schneller und schneller, bis er Paris unter dem Périphérique verließ und über den Canal de la Villette fuhr, auf dem gerade ein altes mit Sand beladenes Schiff Pantin passierte. Es war ein Anblick wie in alten Zeiten, als noch Hunderte Lastkähne täglich durch Paris schipperten.

Sechsundvierzig Minuten, so lange dauerte es bis Reims. Oder: so kurz. Eine wahnsinnig schnelle Verbindung für fast hundertfünfzig Kilometer. Nicht viel Zeit, um die acht oder neun Wagen des Zuges abzusuchen – und ihre Theorie von dem geplanten Mordanschlag bestätigt zu finden.

Sie würden von beiden Seiten agieren, Rio von vorne, er von hier hinten. Wenn alles reibungslos lief und keine Probleme auftraten, würden sie sich in der Bordbar treffen.

Lacroix versuchte, mit dem Gang eines Reisenden durch die Waggons zu streifen, doch der dazugehörige scheue, abwesende Blick wollte ihm nicht recht gelingen. Direkt nach der Abfahrt war die Hälfte der Passagiere in einen tiefen Schlaf gefallen, überall sah er schief hängende Köpfe, geöffnete Münder. Die Pendler, von denen viele schon seit Stunden auf den Beinen waren, weil ihre Reise nicht an der Gare de l'Est begonnen hatte, sondern lange vorher an einem Bahnhof in irgendeiner namenlosen Vorstadt. In diesem Augenblick war er besonders froh, dass sein Arbeitsweg ihn jeden Tag zu Fuß durch die beiden schönsten Viertel von Paris führte, wo er den Vögeln beim Singen zuhören und den Menschen beim Flanieren zusehen konnte.

Die Anzeige oberhalb der Kofferablage gab die Geschwindigkeit des Zugs an: dreihundertzwanzig Stundenkilometer. In einer langgezogenen Linkskurve spürte Lacroix die Fliehkräfte und griff schnell nach einer Kopflehne an einem der blauen Sitze in der zweiten Klasse. An einem Vierertisch starrten ein paar Männer in dunklen Anzügen auf ihre Laptops, die erleuchteten Bildschirme spiegelten sich in ihren konzentrierten Blicken. Er überlegte sie anzusprechen, verwarf die Idee aber gleich wieder. Um diese Uhrzeit sah er nur ernste, müde Gesichter, Mienen, die sich auf eine lange Woche in der Fremde vorbereiteten. Ausflügler, Touristen, Gourmets auf dem Weg in die Champagne reisten nicht zu dieser Stunde.

Die Schiebetüren öffneten sich, ein neuer Waggon voller Menschen. Es war unangenehm kühl in diesem Zug, die Klimaanlage verteilte die Morgengerüche der Reisenden, ein Hauch von Schweiß lag in der Luft und vermischte sich mit zu viel Parfum aus einer anderen Ecke.

Er ging von Sitz zu Sitz und blickte dabei immer diskret nach links und rechts, prüfte die Gesichter, die Kleidung, die Taschen, das Gepäck. Nichts, was auf einen bevorstehenden Mord hindeutete, niemand, der aussah wie der kleine Mann auf den Phantomzeichnungen.

Am Ende des nächsten Waggons traf Lacroix auf eine Menschenansammlung. Sein Herzschlag beschleunigte sich, doch als er näher kam, stieg ihm sogleich ein beruhigender Duft in die Nase: Hier umringten nicht Dutzende Schaulustige ein Mordopfer. Es war eine simple Schlange, die Leute warteten auf frischgebrühten *café*. Der Commissaire hatte die Bordbar erreicht. Er ging an den Passagieren vorbei, Rio kam ihm entgegen. Sie zuckte mit den Schultern und sah ihn mit hochgezogenen Augenbrauen an.

»Nichts«, sagte sie, als sie einander gegenüberstanden, »und bei Ihnen, Commissaire?«

»Ich schließe mich meiner Vorrednerin an.«

»Na, wenigstens haben wir eine kostenlose Reise nach Reims gemacht«, sagte sie lächelnd.

»Ich befürchte, wir werden den Bahnhof von Reims heute besser kennenlernen, als uns lieb ist.«

Während sie sich in die Kaffeeschlange einreihten, ließ der Zug die endlosen Felder hinter sich, und die ersten Siedlungen tauchten auf, die Vororte der Stadt. Als die Capitaine an der Reihe war, bestellte sie zwei *cafés* und reichte eine Minute später einen davon an Lacroix weiter. Der beäugte den Plastikbecher mit unverhohlener Abscheu.

»Ich weiß, Commissaire, Sie trinken nur aus Porzellan. Aber es ist kurz nach sieben. Spielt es da eine Rolle?«

»Da haben Sie auch wieder recht. *Merci beaucoup.*«

Sie mussten sich festhalten, weil der Zug das Tempo drosselte. Die Bebauung wurde dichter, erst waren Villen zu sehen, Einfamilienhäuser, dann kamen die höheren Bauten aus grauem und rotem Stein, die für die Champagne typisch waren.

Lacroix schaute gedankenverloren auf die morgendliche Stadt und nippte an dem scheußlichen *café*, bis der Zug mit quietschenden Bremsen in die Gare de Reims einfuhr. Mit einem mechanischen Zischen öffneten sich die Türen. Rio und Lacroix stiegen als Erste aus und positionierten sich in der Mitte des Bahnsteigs, um die Reisenden zu beobachten, die den Zug verließen.

»Wir drehen noch eine Runde durch den leeren Zug«, sagte Lacroix. Sie stiegen zurück in den Zug und gingen wieder in entgegengesetzte Richtungen durch die Abteile. Doch kein Reisender war an der Endstation im Zug geblieben. Überhaupt konnte der Commissaire nichts Ungewöhnliches entdecken.

»Es bleibt dabei: Der erste Zug des Tages war es nicht«, sagte Rio, als sie sich auf dem Bahnsteig wiedertrafen.

»Ich hoffe ja immer noch, dass wir das auch über den letzten Zug des Tages sagen können.«

Seine Kollegin sah auf die Uhr. »Unsere Rückfahrt ist erst in knapp einer Stunde.«

»Dann trinken wir doch jetzt einen *café* aus Porzellan«, sagte Lacroix.

Sie traten zwischen den breiten Säulen hindurch ins Freie. Die Taxis und Busse standen in Reih und Glied, und es wehte eine frische Böe über den weiten Vorplatz. Der Himmel in der Champagne war grau, es schien, als wäre es noch gar nicht richtig hell geworden. Hinter dem vielbefahrenen Boulevard Joffre lag der kleine Colbert-Park, und über dessen grünen Wipfeln reckten sich die schicken Bürgerhäuser in die Höhe.

»Kennen Sie Reims gut, Commissaire?«

»Schon Jahre her, dass ich zuletzt hier war«, antwortete er. »Ich war mit Dominique einmal bei einer Konferenz ihrer Partei, die hier stattfand.«

»Saßen Sie dann etwa mit im Sitzungssaal?«

»Wo denken Sie hin? Bei solchen Gelegenheiten habe ich endlich mal Zeit, eine Stadt zu durchstreifen, ohne ständig nachzudenken. Ich glaube, ich habe Reims damals von Anfang bis Ende durchspaziert. Natürlich nicht ohne eine kleine Champagnerprobe im Keller von Taittinger zum *déjeuner*.«

»Das werden wir heute leider nicht schaffen.«

»Nein, aber ein kleines Bier zum Frühstück, das geht schon. Dort drüben ist Le Grand Comptoir. Wollen wir?«

Gerade als sie die Bar betraten, klingelte es in Rios Jackentasche. Sie nahm den Anruf sofort an und gab das Gerät gleich darauf ohne weitere Erklärung an Lacroix weiter.

»Ja?«, fragte er verwundert.

»Commissaire. Ich bin es.«

»Docteur, Sie sind schon wach? So früh werden ja nicht einmal ihre Klienten ermordet.«

»Machen Sie keine Scherze, Lacroix. Die Sache hat mir keine Ruhe gelassen. Ich bin schon vor zwei Stunden gekommen, um mir die Gläser vorzunehmen. Sie werden es nicht glauben.«

»Was denn?«

»Nichts. Das ist es ja. Kein Haar, keine Spur einer DNS, kein Fingerabdruck, nicht mal ein winziger verwischter. Die Dinger sind sauberer als die unbenutzten Gläser im Train Bleu.«

»Das ist ja …«

»Nicht wahr? Ich habe nicht die geringste Spur gefunden.«

»Und Sie sind sicher, dass die Männer aus diesen Gläsern getrunken haben? Vielleicht standen die da einfach unbenutzt herum.«

»Nein, ich bin ganz sicher. In einem war noch ein winziger Schluck Wasser, als ich es eingesteckt habe.«

Lacroix schwieg nachdenklich.

»Sagen Sie doch etwas. Was denken Sie darüber?«

»Ich denke noch gar nichts. Außer: Wer reinigt sein Glas nach der Benutzung so gründlich, als wäre er ein Schwerverbrecher?«

»Vielleicht ein Schwerverbrecher …«

10

Während der Rückfahrt sah Lacroix aus dem Fenster auf die vorbeirasende Weite und hing seinen Gedanken nach. Und wenn sie doch auf dem Holzweg waren? Wenn alles ein Irrtum war? Oder eine List? Wenn es um einen ganz anderen Mord ging, und man den Docteur nur benutzt hatte, um die Polizei auf eine falsche Fährte zu locken? Oder wenn die Tat erst für nächsten Montag geplant war? Noch einmal würde Lacroix diesen Aufwand nicht betreiben können, der Präfekt würde die Überstunden so vieler Beamter nicht genehmigen. Doch diese Sorge sollte sich kurz darauf in Luft auflösen. Rio war auf dem Sitz neben ihm gerade eingenickt, als ihr Telefon klingelte. Sie berappelte sich und nahm den Anruf entgegen. Eine Frau schaute wütend herüber, das laute Klingeln hatte auch sie aufgeweckt.

»Ja? … Ja, sitzt neben mir, ich reiche Sie weiter.« Sie gab Lacroix das Handy.

»Ein Mann, ich habe ihn schlecht verstanden«, flüsterte sie.

»*Oui*, Lacroix?«

»Oh, Commissaire«, sagte die Stimme am anderen Ende. Im Hintergrund war lautes Tellerklappern zu hören. »Hier ist Philippe, der Oberkellner aus dem Train Bleu, verzeihen Sie, dass ich störe.«

»Ich bitte Sie. Was kann ich für Sie tun?«

»Ich habe heute Morgen in der Frühbesprechung erzählt, warum Sie uns kürzlich beehrt haben. Alle waren sehr aufgeregt, das kann ich Ihnen sagen.«

So langsam hatte Lacroix die umständliche Art des Mannes satt. Er atmete tief durch, bis der Oberkellner fortfuhr.

»Da hat sich eine junge Kollegin gemeldet, die ich neulich ganz vergessen hatte. Sie bedient nicht an den Tischen, sie räumt nur ab und spült in der Küche, wenn es eng wird. Sie war an besagtem Tisch, hat sie erzählt, um die leeren Teller mitzunehmen. Einer der Männer war gerade auf der Toilette. Sie hat die Teller angehoben, und unter einem lag ein Foto. Sie hat einen kurzen Blick darauf erhascht, bevor der andere Mann sie wütend angeraunzt und das Foto schnell weggenommen hat.«

Sofort war Lacroix hellwach.

»Ein Foto, sagt sie? Kann ich die Dame sprechen?«

»Bedaure, Commissaire, sie spricht sehr schlecht Französisch. Am Telefon hätte das keinen Sinn. Aber sie hat mir genau beschrieben, was darauf zu sehen war.«

»Nun sagen Sie schon, *cher* Philippe.«

»Sie sagt, das Foto habe ausgesehen, als sei es aus der Ferne aufgenommen worden. Irgendwie nicht so richtig scharf. Und der Mann hat auch nicht in die Kamera geschaut.«

»Wie sah dieser Mann aus?«

»Das ist es ja, Commissaire. Sein Gesicht ist ihr in Erinnerung geblieben. Ein junger Mann mit einer randlosen Brille. Und da war noch eine Besonderheit: Er hatte total blondes Haar, fast weiß, sagte sie.«

»Wie alt schätzt sie den Mann?«

»Vielleicht Anfang oder Mitte zwanzig. Ich kann sie natürlich gern ins Commissariat schicken, für ein Phantombild.«

»Nein, das ist nicht nötig. Oder vielmehr: Dafür ist es schon zu spät. Wir sind gerade auf der Suche nach dem Mann. Ich denke, Sie haben mir dabei sehr geholfen. Richten Sie Ihrer Kollegin unseren Dank aus.«

»Das werde ich.« Philippe klang etwas pikiert. Es ging ihm wohl gegen den Strich, als Kollege einer simplen Spülhilfe bezeichnet zu werden. »*Bonne journée*, Commissaire. Und wenn Sie noch etwas von uns brauchen, dann informieren Sie mich bitte persönlich.«

»Das werde ich. Ihnen auch einen guten Tag.«

»Was war denn los?«, fragte Rio, als er ihr das Handy zurückgab.

»Nun endet unsere Suche nach der Nadel im Heuhaufen. Wir müssen nur noch nach dem potenziellen Opfer Ausschau halten: ein hellblonder Mann mit randloser Brille in seinen Zwanzigern. Das sollte die Dinge erleichtern. Würden Sie darüber bitte unseren Korsen informieren? Und probieren Sie es bitte auch noch mal bei der Familie in Reims. Vielleicht geht ja heute jemand an den Apparat. Fragen Sie nach, ob die einen Sohn haben, der der Beschreibung entspricht.«

»Wird gemacht, Commissaire.«

»Gut. Wenn wir ankommen, haben wir zwanzig Minuten, bis unser nächster Zug geht.«

11

»Bringen Sie mir bitte ein Tartare frites, Monsieur«, bat Lacroix.

»*Préparé?*«

»Nein, ich bereite es mir gern selbst zu. Vielen Dank. Für Sie, Madame Rio?«

»Den Crottin de Chêvre, *s'il vous plaît.*«

»Und zwei Bier, bitte«, fügte Lacroix hinzu.

»Sehr wohl.« Der Kellner im Pariser Café de l'Est zog von dannen, um die Bestellung aufzugeben. Es war schon kurz vor fünfzehn Uhr, und sie hatten noch zwei weitere Zugfahrten nach Reims und zurück gemacht, ohne auch nur ein zählbares Ergebnis zu erzielen. Im zweiten TGV war Lacroix nicht auf einen einzigen hellblonden Mann gestoßen, nicht mal eine hellblonde Frau war unter den Passagieren gewesen. Der Zug war aber auch fast leer gewesen. Die Bahnpolizistin hatte recht gehabt: Am Vormittag herrschte deutlich weniger Betrieb als am Morgen. Im dritten Schnellzug hatte er zwei hellblonde Männer ausgemacht. Der erste war aber zu alt gewesen, sicher über vierzig, und er trug keine Brille. Der Zweite hatte besser gepasst, und Lacroix hatte ihn nach kurzem Zögern angesprochen. Ein Student aus Reims, der übers Wochenende zum Feiern nach Paris gefahren war. Seine Brille hatte einen Hornrand gehabt. Er passte also auch nicht ins Profil. Zudem hatte er noch nie etwas vom ältesten Haus gehört. Und die Frage, ob ihm jemand nach dem Leben trachtete, hatte der Commissaire nicht stellen wollen. Schließlich wollte er im Zug keine Panik auslösen. Der junge Mann hatte ihm dennoch fragend nachgesehen.

Lacroix' Laune sank. Und auch Rio sah man die kurze Nacht mittlerweile an. Genervt wählte sie erneut die Nummer in Reims und schien nach kurzem Hinhören fast zu erschrecken.

»Oh, ja, entschuldigen Sie, ich habe gar nicht damit gerechnet, dass jemand abnimmt. Hier spricht Jade Rio vom Commissariat de Police in Paris ... Nein, bitte machen Sie sich keine Sorgen, es ist nichts passiert. Wir haben nur eine Routinefrage ... Haben Sie einen Sohn? ... Ja? ... Wie alt ist er denn? ... Hm. Keine anderen Kinder? ... Gut. Haben Sie vielen Dank. ... Nein, keine Sorge, das war wirklich alles. Wir werden Sie nicht weiter belästigen. Einen schönen Tag.«

Sie legte auf. »Na, so einen Anruf würde ich als Mutter auch nicht gerne bekommen.«

»Und? Sie haben einen Sohn?«

»Ja, aber der ist sechs.«

»Also nicht unser hellblonder Mittzwanziger.«

»Eher nicht.«

»Verdammt noch mal. Rufen Sie Paganelli an? Die Kollegen müssten ja wieder in Reims angekommen sein.«

Rio wählte die Nummer des Korsen, während der Kellner die Gläser und die Teller vor ihnen auf den Tisch stellte. Deshalb mochte Lacroix Bahnhofsgaststätten: Es ging immer wirklich schnell.

Die Kollegen wechselten nur wenige Worte, dann legte

Rio auf. »Nichts. Ein blonder Mann, aber ohne Brille, der kerngesund aus dem Zug gestiegen ist.«

»Na, dann geht's in einer Dreiviertelstunde für uns weiter. *Allez, bon appétit.*«

Sie stießen an, und als Lacroix den ersten Schluck von seinem Bier nahm, belebte ihn die Kälte augenblicklich. Dann begann er, das grobzerkleinerte Rindfleisch mit den Zutaten in den kleinen Schüsseln zu vermischen: Er salzte und pfefferte es kräftig, gab reichlich Senf dazu, Kapern und Gurken sowie die Zwiebeln und einen Schuss Worcestersauce und Tabasco. Anschließend vermengte er die Masse und pfefferte sie erneut. Dann kostete er den ersten Bissen und schloss sofort genießerisch die Augen.

Besser würde dieser Tag wahrscheinlich nicht mehr werden. Denn das hier war herrlich, eine so würzige Angelegenheit mit dem frischen Fleischgeschmack des rohen Rindersteaks und all den Aromen, dazu die dünnen und krossen Frites. Er aß mit Freude. Und auch der in Brickteig gebackene Ziegenkäse auf Salat musste von guter Qualität sein, denn Jade Rio verlor kein Wort mehr, sondern konzentrierte sich gänzlich auf den Teller vor sich.

So saßen sie Seite an Seite unter der Markise und genossen den späten *déjeuner* und das Bier und die Sonne, die über den Haussmann'schen Häusern hing und den Boulevard du 8 Mai in gleißendes Licht tauchte. Von irgendwoher klang ein Saxophon zu ihnen herüber.

Dann zeigte Rio unvermittelt auf die Uhr an der Bahnhofsfassade. »Viertel vor vier. Wir müssen, Commissaire.«

»Sie haben recht«, sagte Lacroix und legte das Geld in die kleine rote Schale.

»Ich lade Sie ein, Madame Rio, es war wirklich schon ein langer Tag.«

»Haben Sie vielen Dank.«

Sie überquerten gemeinsam die Straße und betraten erneut das Bahnhofsgebäude. »Und die nächste Runde«, sagte Rio. Doch dann stockten sie beide. »Oh«, sagte Lacroix, und seine Kollegin fügte hinzu: »Das könnte anstrengend werden.« Sie orientierten sich, und doch: Sie standen am richtigen Gleis für den Zug nach Reims. Der Bahnsteig war Himmel und Menschen. Auf der kompletten Länge standen sie in zwei Reihen, und gerade fuhr der TGV in den Bahnhof ein. Es war ein Duplex, der Doppelstockzug der SNCF, der hauptsächlich zu Stoßzeiten fuhr, wenn es besonders viele Reisende gab.

»Rufen Sie bitte wieder die Bahnpolizei dazu. Wir brauchen sie hier.« Vor der letzten Fahrt hatten sie den Kollegen signalisiert, dass sie mit den wenigen Reisenden allein zurechtkommen würden. Lacroix hatte die Bahnbeamten nicht überstrapazieren wollen. Rio griff sofort zum Telefon und wählte die Nummer von Commissaire Beni-Ansem. Lacroix verstand kein Wort von dem, was sie in den Hörer sprach, so laut tratschten die Reisenden um ihn her. Dazu kamen das Rattern der Züge auf den anderen Gleisen und die Lautsprecherdurchsagen – der Lärm war ohrenbetäubend. Endlich legte Rio auf und wandte sich wieder dem Commissaire zu. »Sie entschuldigt sich, aber es gab ein Problem an der Gare du Nord. Zwei herrenlose Gepäckstücke, sie müssen den ganzen Bahnhof evakuieren. Und Paganelli steckt noch auf der Rückfahrt aus Reims. Wir sind allein.«

Noch mal ließ Lacroix den Blick über den vollen Bahnsteig schweifen und schüttelte den Kopf. »Ausgerechnet jetzt.« Doch alles Jammern half nichts. »Oben oder unten?«

»Unten.«

»Gut. Wir durchkämmen den Zug diesmal zusammen, beginnen in derselben Richtung.«

»Erste oder zweite Klasse?«

»Was meinen Sie?«

»Zweite Klasse. Unser Mann ist jung. Da fährt man Holzklasse.«

»Kann sein. Andererseits hat er etwas mit dem ältesten Haus zu tun. Und man will ihn töten. Aber ich neige Ihrer Idee zu, Rio. Also: zweite Klasse. Die ist nämlich auch hier am Anfang des Bahnsteigs. Und ich will mich nicht nach ganz hinten durchdrängeln.«

»Wenn es schlecht läuft, suchen die Fahrgäste ewig nach ihren Plätzen, und es wird ein einziges Getümmel.«

»Malen Sie den Teufel nicht an die Wand.«

12

Als sich die Türen schlossen, klingelte Rios Handy schon wieder. Herrgott, war er froh, nicht ständig erreichbar zu sein. Sie beantwortete den Anruf im Gang vor dem Abteil, und Lacroix sah sich um, ob die anderen Reisenden sich durch die Klingelei gestört fühlten.

»*Oui*, natürlich, Madame le Maire, er steht neben mir. Einen Moment.« Sie reichte ihm ihr Telefon, und er nahm es so vorsichtig, als könnte er sich daran verbrennen. »Hier, Commissaire. Ihre Frau. Aber nicht so laut, sonst stören Sie noch jemanden.« Sie konnte sich ein Lachen nicht verkneifen.

»Ja?«

»Hallo, *mon cher*, ich sitze im Rathaus und wollte nur mal hören, wie es bei dir läuft. Seid ihr in Reims?«

»Wir fahren eben wieder aus Paris ab. Die vierte, nein, die fünfte Runde des Tages.«

»Kommt ihr voran?«

»Du weißt, wie sehr ich es hasse, im Trüben zu fischen. Wir wissen fast gar nichts über die Zielperson oder den möglichen Täter.« Es war keine Übertreibung, wenn er »hassen« sagte. Er war gut darin, Menschen zu verhören oder Hinweisen nachzugehen. Er war nicht gut darin, Lotterie zu spielen. »Aber wie geht es dir?«, fügte er schnell hinzu. »Viel zu tun im Hôtel de Ville?«

Seit nunmehr einem Jahr war Dominique die gewählte

Bürgermeisterin der Stadt Paris und residierte im noblen Rathaus ganz im Zentrum der Stadt gegenüber der Île de la Cité. Es war ein spannendes Jahr gewesen, ein arbeitsreiches und stressiges. Sie hatten weniger Zeit miteinander gehabt als vor Beginn der Amtszeit, auch weil Dominique damit begonnen hatte, Paris ökologisch umzubauen, mit mehr Radwegen und weniger Autos, mit mehr Luftqualität und weniger Smog. Die Zustimmungsraten ihrer Politik waren sehr gut, die Bürger zufrieden mit der neuen *maire*.

»Es geht«, erwiderte Dominique, »ich …«

Sie sprach nicht weiter, und Lacroix war sofort alarmiert. Anders als normalerweise bei ihren Telefonaten klang seine Frau heute seltsam verstockt. »Was ist los?«, fragte er besorgt.

»*Mon cher*«, sagte sie, »ich habe wirklich überlegt, ob ich dich anrufen soll, weil ich weiß, wie sehr du das verabscheust.« Er war plötzlich ganz Ohr. »Aber ich konnte nicht anders. Ich war vorhin bei einem späten Mittagessen … und auf einmal durchfuhr es mich. Es war wie eine Vorahnung, ich weiß auch nicht. Ich habe dich vor mir gesehen – und es war ganz schlimm. Weißt du, ich bitte dich nur, heute gut auf dich aufzupassen, ja? Ich möchte nicht, dass dir etwas zustößt. Versprichst du mir das? Dann leg ich gleich wieder auf.«

»*Chérie*, ich passe auf. Wirklich. Ich verspreche es.«

»Ich danke dir. Wir sehen uns heute Abend. Bis nachher, *mon cher* Commissaire.«

Es piepte dreimal in der Leitung, dann war das Gespräch beendet. Er reichte Rio das Telefon.

»Etwas Wichtiges?«, fragte die Capitaine.

»Nein, alles in Ordnung«, antwortete Lacroix. Aber das stimmte nicht. Wenn Dominique eine Vorahnung spürte, wenn sie Angst vor etwas hatte, dann hieß es, ganz vorsichtig zu sein. Das Gefühl trog seine Frau fast nie.

»Haben Sie Ihre Waffe?«, fragte er Rio. Sie nickte. »Gut, dann gehen wir.«

Rio nahm die Treppe hinunter, Lacroix hingegen stieg die wenigen Stufen nach oben, ging an der automatischen Toilettentür vorbei, und schon öffnete sich die Schiebetür zum ersten Waggon. Es war stickig, die Wärme all der Menschen, die abgehetzt von der Arbeit zum Bahnhof geeilt waren, staute sich hier drin. Der Verkehr rund um die Gare de l'Est war zu dieser Tageszeit immer ein Chaos. Doch die Blicke und Gesten der Leute verrieten, dass sich die Anspannung allmählich löste, schließlich verließen sie nun Paris. Die Stimmung war ganz anders als am Morgen. Hier lächelten sich ein Mann im Anzug und eine Frau im Kleid an, dort schwatzten zwei ältere Damen eine Spur zu laut über ihre Hunde. Ein Bauarbeiter in staubiger Jacke öffnete eine Dose Bier.

Wieder ging er von Sitz zu Sitz, viel vorsichtiger und langsamer als bei seinen letzten Touren. Doch niemand hier hatte einen Schnauzer, niemand hellblondes Haar. Am Ende des Wagens atmete er tief durch, dann zischte die Tür auf und ließ ihn hindurchtreten.

Er ging die Treppe hinunter, wo er auf eine gut gelaunte Rio traf. »Wo sind nur all die hellblonden Männer?«, fragte sie. »Nicht, dass ich einen haben wollen würde.«

Zwei Wagen weiter – er kam gerade wieder die Treppe hinunter und musste kurz auf Rio warten – sah Lacroix auf die Uhr. Die doppelte Suche war zeitintensiv. »Wir müssen schneller vorankommen«, sagte er. »Wir haben nur noch neunundzwanzig Minuten bis zur Ankunft.«

Den vierten Wagen überprüfte Lacroix mittlerweile mit einer Mischung aus Anspannung und Trance. Es schien ihm, als betrachte er sich selbst von außen. Das sonore Surren des rasenden Zuges, die verhaltenen Gespräche, die kleinen Lichter an jedem Fensterplatz, die an Leselampen in einem alten englischen Club erinnerten. Irgendwann verschwammen die vielen Gesichter vor seinen Augen, ihm war, als würde ihn jeder im Waggon anstarren, der Hut war ihm zu warm, und er wollte eine Pfeife rauchen. Vorhin war keine Zeit mehr dafür gewesen.

Wieder niemand, der zur Beschreibung passte, keine Menschenseele. So langsam wurde er unruhig, mehr als das. Wieder öffnete sich die Schiebetür, wieder nahm er die Treppe hinab. Hinter dem nächsten Waggon wartete die Bordbar, dann kam nur noch die erste Klasse. Vier Wagen noch. Und knapp zwanzig Minuten.

»Diesmal tauschen wir«, sagte er, »Sie gehen hoch, ich gehe runter.«

Er trat ins untere Stockwerk des Schnellzugs. Hier war alles dunkler, gedrängter, draußen flogen nicht die Bäume vorbei und die Weite, sondern das Nachbargleis, der Schotter, rasend schnell. Er hatte schon seine Gründe, warum er im Duplex immer oben sitzen wollte. Wobei auf der Strecke, die er mit Dominique am häufigsten fuhr, in ihr Landhaus nach Giverny in der Normandie nämlich, ohnehin nur ein Regionalzug fuhr. Lacroix sah einen jungen Mann, der ihm den Rücken zuwandte, er hatte blondes Haar. Er beschleunigte seinen Schritt, dann war er auf gleicher Höhe mit ihm. Er sah hinab: Der Mann schlief. Seine Brille hatte einen dicken schwarzen Rand, die Haut hinter dem Gestell war deutlich weniger gebräunt als der Rest des Gesichts. Keine randlose Brille. Er hoffte, diese junge Frau hatte mit ihrer Aussage wirklich recht gehabt. Aber Philippe war sich ganz sicher gewesen, Lacroix hatte keinen Zweifel in seiner Stimme gehört.

Er stieg die Treppe wieder hinauf. Um diese Zeit warteten die Leute an der Bar nicht auf Kaffee, sondern auf diese kleinen Weinflaschen mit dem Schraubverschluss und auf Minitüten mit Chips. Er wartete, bis Rio aufgeholt hatte.

»Oben ist es ja viel schöner«, sagte sie knapp.

»Richtig, deshalb gehe ich jetzt auch wieder hoch«, gab er zurück.

Noch achtzehn Minuten. Draußen Weizenfelder in der Nachmittagssonne, die Bäume schlugen langsam scharfe Schatten. Der Zug fuhr nun dreihundertneunundzwanzig Stundenkilometer.

Er stieg die Treppe hinauf zur ersten Klasse und sah ihn sofort.

In diesem Waggon saßen alle Leute entgegen der Fahrtrichtung. Der Mann schaute kurz zu ihm herüber, dann wieder aus dem Fenster. Hellblond, keine Brille. Ein junger Mann, hübsch und gut gekleidet. Lacroix trat durch die Schiebetür. Alles in ihm war Adrenalin.

Der Zug wurde lauter. Eine Sekunde später verstand der Commissaire, warum: der Tunnel. Auf einen Schlag lag der Waggon im Dunkeln, nur die kleinen Funzeln, die kaum Licht verbreiteten, leuchteten noch. Das Gesicht hinter dem jungen Mann sah Lacroix nicht auftauchen, er nahm nur ein Glänzen in der Luft wahr, eine schnelle Bewegung. Die schwachen Neonröhren im Tunnel leuchteten das Ding an und spiegelten sich darin – ein Gefäß, eine Nadel, irgendein Gegenstand, der über dem Blonden herabschwang. Der Commissaire spürte die plötzliche Anspannung in jedem Muskel. Warum trug er keine Waffe bei sich? »Stopp, Polizei«, rief er, doch das schwingende Etwas war nicht mehr aufzuhalten. Dann erklang ein Schrei. Das blonde Haar war nicht mehr zu sehen, und dann war auch das Glänzen verschwunden. Lacroix stürzte los, doch in dem Moment glitt schon die hintere Waggontür auf, und ein gedrungener Schatten huschte hindurch. Alle im Waggon begannen durcheinanderzuschreien. Der Tunnel endete, wie ein Faustschlag kam das Licht zurück. Im selben Moment quietschten die Bremsen elendig laut, der Zug kam so scharf zum Stehen, als wäre er gegen den Schuh eines Riesen geprallt. Der Commissaire verlor den Halt und wurde nach vorn geschleudert, im letzten Augenblick erwischte er einen Griff am dritten Sitz von rechts und hielt sich daran fest, sonst wäre er glatt gegen die Schiebetür geworfen worden. Dennoch landete er auf der Erde und rappelte sich nur mühsam wieder hoch. Der Zug bewegte sich kaum noch, dann stand er ganz still, und alles stöhnte. »Notbremsung«, flüsterte jemand. Eine Frau wimmerte, den Kopf gesenkt. Als Lacroix endlich wieder auf den Beinen war, blickte er den jungen Mann an, der noch immer starr auf seinem Sitz saß. Der schaute wiederum mit großen Augen zum Commissaire auf und fragte dann ganz leise: »Was war das denn?«

Lacroix ging auf ihn zu, stellte sich vor seinen Sitz, wie

um ihn zu schützen, dann sagte er ähnlich leise: »Commissaire Lacroix, ich bin aus dem Commissariat in Paris. Bleiben Sie bitte sitzen.«

Er bückte sich und griff nach dem Etwas. Mit spitzen Fingern nahm er es hoch: eine Spritze mit langer Nadel, darin nur noch ein wenig durchsichtige Flüssigkeit.

»Ist alles in Ordnung?«, fragte Lacroix. »Haben Sie irgendwo Schmerzen?«

»Nein, alles okay. Ich weiß nur nicht, was hier vor sich geht.«

Ein Glück, dachte Lacroix, der junge Mann hatte die Spritze also nicht zu spüren bekommen, ihr Inhalt musste danebengegangen sein. Womöglich war der Fremde durch seinen Schrei abgelenkt worden.

»Gleich kann ich Ihnen mehr sagen«, erwiderte Lacroix.

Draußen lag die Landschaft merkwürdig reglos da, der Raps, die Bäume, in der Ferne ein gewundener Wanderweg. Der Zug ächzte noch tief in seinen Eingeweiden, als wäre er selbst erschrocken über den schmerzhaften Halt. Eine Bewegung in seinem Rücken: Rio stürmte durch die Schiebetür, sie hatte ihre Waffe gezogen. Die Leute im Waggon kreischten wieder und duckten sich. Lacroix zeigte nach vorn: »Dort, er ist dort entlang.« Er versuchte, durch die Fenster etwas zu erkennen, aber der Winkel war ungünstig. Rio raste hinaus und die Treppe hinunter, nach Sekunden sah er sie aus dem Zug springen und losrennen. »Kommen Sie bitte mit, ich muss sehen, ob ich meiner Kollegin helfen kann.«

»Ich möchte lieber hier bleiben.«

Lacroix schüttelte den Kopf. »Das ist keine gute Idee. Es geht um Ihren Schutz. Glauben Sie mir.«

Widerwillig griff der Mann nach seinem Rucksack und folgte dem Commissaire. Der ganze Waggon schaute ihnen nach. Sie stiegen die Treppe hinunter. Die Tür stand offen, ein kühler Wind wehte hinein. Lacroix kniff die Augen zusammen: Der Täter hatte tatsächlich die Notbremse gezogen, die Tür entriegelt und war geflohen. Jetzt war er nur noch als Punkt in weiter Ferne zu erkennen, Rio dagegen war noch ein Strich. Er brauchte nicht mehr loszurennen, so viel war sicher. Ein Mann in Uniform kam ihnen aus dem gegenüberliegenden Abteil entgegen. Der Zugführer.

»Können Sie mir mal sagen, was hier los ist? Das ist ein Missbrauch der Notbremse. Das wird schwer bestraft. Ich rufe gleich …«

Lacroix zog seinen Ausweis und hielt ihn dem Mann unter die Nase. »… die Polizei ist schon da. Es geht um eine Ermittlung. Bitte, wir müssen hier kurz warten.«

»Das geht nicht. Uns folgt der TGV nach Metz. Der nutzt in sechs Minuten dieselbe Strecke. So leicht hält kein Schnellzug an.«

»Bei diesem hier hat es doch geklappt«, sagte Lacroix. »Wir beeilen uns. Funken Sie die Zentrale an. Die sollen den Zugverkehr erst mal stoppen. Und den Zugführer informieren.«

»Was sagen Sie da?«

»Ich bin Commissaire Lacroix von der Brigade Criminelle in Paris«, sagte er streng. »Ich scherze nicht. Gehen Sie.«

Der Zugführer nahm Haltung an und ging schnellen Schrittes in Richtung seines Dienstabteils neben dem Barwagen.

»Können Sie mir jetzt sagen, was hier los ist?«, fragte der junge Mann.

»Darf ich zuerst Ihren Namen erfahren, Monsieur?«

»Nicht, wenn Sie mir nicht sagen, was Sie von mir wollen.«

»Kommen Sie bitte mit hinaus an die Luft, Monsieur.« Lacroix wollte nicht im Gang des Zuges weitersprechen. Beide stiegen aus, und dann standen sie sich auf dem kleinen Schotterabhang gegenüber. Der Mann trug dunkelblaue Wildlederschuhe und einen Anzug, einen modischen blauen Zweiteiler, eng geschnitten. Er sah zerknittert aus.

»Vor zwei Minuten hat jemand versucht, Sie mit einer Spritze zu verletzten«, sagte Lacroix, und seine Stimme ließ keinen Zweifel an der Ernsthaftigkeit seiner Aussage zu, »und ich würde gern wissen, wer Sie sind, Monsieur – nun, da Sie wider Erwarten am Leben geblieben sind.«

»Was?« Die hohen Wangenknochen des Mannes begannen zu zucken, und sein Blick wanderte hektisch umher.

Lacroix legte ihm vorsichtig eine Hand auf den Arm. »Jetzt ist alles gut. Sie sind in Sicherheit.«

»Mein Name ist Xavier Delacrue«, sagte der Blonde leise. »Ich wollte doch nur mit dem Zug nach Hause fahren, wie jede Woche.«

Irgendeine Querverbindung ploppte in Lacroix' Kopf auf, als er den Namen hörte, aber er kam nicht drauf, wieso er ihm bekannt vorkam.

»Und Sie wohnen in Reims?«

»Nein, in Aÿ.«

»Im berühmten Aÿ?«

»Kennen sie ein anderes Kaff dieses Namens?«

»Sagen Sie, haben Sie schon mal vom ›ältesten Haus‹ gehört?«

Die Augen des Mannes weiteten sich, und seine Wangen leuchteten rot.

»Ich höre seit meiner Kindheit nichts anderes. Was soll das? Ist das eine Folge der versteckten Kamera?«

»Nun sagen Sie schon, Monsieur Delacrue.«

In diesem Moment fiel es Lacroix wie Schuppen vor die Augen, aber da begann auch der junge Mann zu reden, und so sprachen sie es beinahe zeitgleich aus: »Champagne Delacrue ... mein Vater besitzt das älteste Champagnerhaus der Welt.«

Herrgott, warum hatte er nicht auf Yvonnes lauen Witz gehört? Champagner – sie hatte schon wieder Recht behalten. Allerdings stimmte doch da etwas nicht.

»Sagen Sie, ist nicht Ruinart das älteste Champagnerhaus der Welt?«

»Na, da dürfen Sie aber nicht meinen Vater fragen. Er würde Ihnen ein Referat halten, das sich gewaschen hat. Nein, Ruinart hat nur am besten dokumentiert, ab wann Champagner verkauft wurde, nämlich ab 1729. Dann gibt es noch Gosset, die geben 1584 an. Da ist aber unklar, ob sie damals nur Weine verkauft haben. Nach dem Erlass des Königs durften Weine nämlich noch nicht in Flaschen transportiert werden, sondern nur in Fässern. Und das kriegen Sie mit Champagner natürlich nicht hin. Also ist 1584 natürlich Quatsch. Wir von Delacrue haben stattdessen das Problem, dass mein Urururururgroßvater ein Schlendrian war und deshalb nichts richtig dokumentiert hat. Mein Großvater war aber sehr sicher, dass seine Ahnen schon seit 1725 Champagner verkauften. Leider hat uns Ruinart dafür in Grund und Boden geklagt. Daher behaupten wir es nicht mehr offiziell. Aber immerhin sind wir eins der wenigen Häuser, die noch in Familienbesitz sind.«

»Ihr Vater wäre stolz auf Sie nach diesem Vortrag.«

»Sie kennen meinen Vater nicht.« Der junge Delacrue schüttelte den Kopf. »Aber jetzt sagen Sie mir doch endlich, was Sache ist.«

»Jemand trachtet Ihnen nach dem Leben, aber wir haben keine Ahnung … Ah, warten Sie, da kommt meine Kollegin.«

Behände kletterte Jade Rio über den Zaun, der die weite Landschaft von der Schnellbahntrasse trennte, und trat unverrichteter Dinge zu den beiden Männern. »Ich war chancenlos. Er war viel zu weit weg. Ich bin ihm hinterhergerannt bis ins nächste Dorf, Trugny heißt das. Eine Ansammlung von ein paar Dutzend Häusern. Gehört zu Épieds in der Aisne. Keine Ahnung, ob er sich da versteckt hält oder ob er weitergerannt ist. Verdammt.«

»Sie haben alles gegeben, Capitaine. Wir leiten eine Fahndung ein. Übernehmen Sie das?«

»Ich habe schon auf dem Weg zurück in der Zentrale angerufen und eine Fahndung veranlasst.«

»Sehr gut. Und diese Spritze hier muss nach Paris. Das ist die Tatwaffe. Docteur Obert muss sie sofort analysieren.« Er reichte ihr die in ein Taschentuch gewickelte Spritze. »Ich will außerdem Straßensperren Richtung Paris und Richtung Ay. Denn dort kommt dieser junge Mann her, und dorthin ist er gerade auf dem Weg. Darf ich vorstellen? Capitaine Jade Rio, das ist Xavier Delacrue vom ältesten Champagnerhaus der Welt, dem inoffiziell ältesten, versteht sich.«

Jade Rios Augen weiteten sich, dann reichte sie dem jungen Mann die Hand. »Und Ihnen hat mein Chef also gerade das Leben gerettet.«

»Ich verstehe trotzdem nicht, wieso.«

»Wir erklären es Ihnen, wenn wir in Reims sind. Wir sollten den Verkehr nicht weiter aufhalten«, sagte Lacroix mit einem Seitenblick zu dem Zugführer, der nervös in der Tür stand. »Auf geht's. Kommen Sie, Monsieur Delacrue, gehen wir die letzten paar Minuten ins Bordbistro. Ein kühles Wasser wird Ihnen jetzt guttun.«

13

Kann ich hier einen kurzen Zwischenstopp einlegen?«, fragte Delacrue, und Lacroix nickte. »Ich komme mit Ihnen.«

Rio mochte Kirchen nicht. Sie fühlte sich in ihrer Sexualität von der katholischen Kirche nicht gerade gestärkt, wie Lacroix es gerne ausdrückte, wenn er mit seinem Bruder, dem Priester der herrlichen gotischen Kirche Sainte-Clotilde, über sie sprach. Jade Rio lebte offen lesbisch und war mit ihrer Freundin Mutter von Zwillingen.

Sie schritten über den weiten Vorplatz. Er war von großen Häusern umrahmt, doch niemand beachtete diese Häuser ernsthaft, weil alle Blicke von Anfang an auf der Kathedrale von Reims lagen. Eine Erscheinung, wie es in Frankreich nur wenige gab, vielleicht in Chartres und in Amiens. Und natürlich die Notre-Dame-de-Paris. Die Fassade war trotz des gotischen Stils so verspielt, dass sie hell und freundlich wirkte. Zwischen den zwei Haupt-türmen war das Portal in der Mitte von einem spitz zu-laufenden Dach überspannt.

Gemeinsam betraten sie das Gotteshaus, das in seiner Geschichte hatte vergrößert werden müssen, damit all die Menschen hineinpassten, die bei den Krönungen von Frankreichs Königen in die Champagne geströmt waren. Sofort umfing sie eine ernste und feierliche Stimmung.

Aus den Lautsprechern erklang leise klassische Musik, was Lacroix ein wenig ärgerte. Er mochte Kirchen am liebsten pur, ohne Kcamerablitze und eben auch ohne Musik.

Die beiden verharrten am Weihwasserbecken und bekreuzigten sich, dann kniete sich der junge Mann in eine der hinteren Bänke und begann zu beten. Lacroix hingegen ging ein Stück weiter nach vorn und setzte sich auf einen Stuhl. Auch er faltete die Hände und dankte dem Herrn, dass er ihn an diesem Nachmittag vor Unheil bewahrt hatte – ihn und den jungen Delacrue.

Anschließend erhob er sich wieder und ging langsam den Rundgang bis ans Ende, wo die bunten Fensterbilder der Kathedrale die späte Sonne des Tages als funkelnde Farben auf den Boden warfen. Es waren herrliche Bilder, die von Marc Chagall stammten, wie der Commissaire bei seinem ersten Besuch hier gelernt hatte, und einige moderne Bilder, die ein deutscher Künstler erst vor wenigen Jahren entworfen hatte. Am beeindruckendsten aber fand Lacroix die Fensterrosen an beiden Seiten, die so fein gezeichnet waren, dass man sich nur darüber wundern konnte, wie Künstler schon vor so vielen Jahren so ausgereifte Techniken hatten anwenden und derart grazile Werke hatten erschaffen können.

Die Orgel thronte gewaltig hoch oben im linken Kirchenschiff, die Säulen darunter sahen so schlank aus, dass es wie ein Wunder erschien, dass die ganze Konstruktion hielt. Seit der Nacht, in der die Notre-Dame in Paris beinahe dem verheerenden Feuer zum Opfer gefallen wäre, hielt der Commissaire all diese Meisterwerke nicht mehr für selbstverständlich. Damals, vor Hunderten von

Jahren, hatte es Feuersbrünste gegeben, die jedes menschengemachte Bauwerk für alle Zeiten vernichten konnten – und auch heute war das noch möglich. Der Mensch war längst nicht der Herr über die Elemente. Das zerstörte Dach der Kathedrale auf der Île de la Cité erinnerte ihn jeden Tag daran, wenn er nach dem *déjeuner* einen kleinen Spaziergang entlang der Seine unternahm.

Er bekreuzigte sich in Richtung Altar, dann trat er hinaus in die frühe Abendsonne, die mittlerweile über der Stadt lag. Es war wärmer geworden, viel wärmer, als es den Vormittag über gewesen war. Lacroix zog seinen Mantel aus und legte ihn sich über den Arm. Rio hatte sich längst in einem Straßencafé gegenüber niedergelassen und winkte ihm zu. Er gab ihr ein Zeichen, dass sie gleich nachkommen würden. Einige Minuten später verließ auch Xavier Delacrue das Gotteshaus.

»Das brauchte ich jetzt«, sagte er leise. »Ich komme oft her, bevor ich nach Ay fahre, weil mir Paris mit seinem Tempo und seiner Lautstärke die innere Ruhe raubt. Heute aber brauchte ich es aus ganz anderen Gründen.«

»Kommen Sie, Monsieur, lassen Sie uns in Ruhe reden.«

Lacroix und Delacrue gingen Seite an Seite hinüber zum Café Au Bureau.

»Ich habe auf Sie gewartet«, sagte Rio als Erklärung dafür, dass noch nichts auf dem Tisch stand. Innerhalb von Sekunden tauchte ein eifriger Kellner bei ihnen auf. »Was darf ich Ihnen bringen?«

»Vielleicht einen Weißwein?«, fragte Rio. »Es ist ganz schön warm geworden.«

»Ich bitte Sie«, sagte der junge Delacrue, »wir sind hier in der Champagne. Hier kommt zu so einem Anlass kein anderes Getränk infrage – eigentlich kommt es zu keinem Anlass infrage, aber wenn Sie mir wirklich das Leben gerettet …« Der überraschte Blick des Kellners ließ ihn verstummen. »Sagen Sie, haben Sie Delacrue-Champagner?«

»Gewiss, Monsieur. Drei *coupes*?«

»Bringen Sie bitte eine Flasche.«

»Sehr wohl, kommt sofort.« Er verschwand ebenso schnell, wie er gekommen war.

»Ich weiß«, sagte Delacrue, »in anderen Ländern der Welt würde man das nicht verstehen, und auch in Paris bestellt man wohl nur zu einem besonderen Apéro eine Flasche, weil Champagner immer etwas Elitäres anhaftet. Aber hier ist es, als würde man ein kleines Glas Weißwein oder ein Bier bestellen. Dieses Produkt trägt die ganze Region, eine ansonsten ziemlich verlorene Region, wenn ich das so sagen darf. Und deshalb ehren wir dieses Getränk, indem wir es täglich genießen. Im Übrigen«, er lächelte, »ist es hier viel günstiger als im Rest Frankreichs. Die kurzen Lieferwege und die großen Mengen, Sie verstehen.«

Der Kellner kam mit einem Tablett mit drei Gläsern und einem Kühler, in dem das Eis klirrte. In der anderen Hand hielt er eine Flasche, die er dem jungen Mann präsentierte. Lacroix warf einen Blick auf das tiefblaue Etikett, auf dem in geschwungener Schrift der Name *Delacrue* stand und *Extra-Brut*, und darunter, ziemlich klein, *Maison fondée en 1725*. Man wollte es also nicht zu sehr an die große Glocke hängen, aber auch nicht gänzlich verschweigen. Der Commissaire konnte sich vorstellen, dass die Konkurrenz in diesem Markt gewaltig war – nicht anders als bei den Winzern in Bordeaux.

»*Merci*, ich öffne sie gern selbst, Monsieur«, sagte Delacrue, und Lacroix kam nicht umhin, den Mann für sein selbstsicheres und gleichzeitig freundliches Auftreten zu bewundern – so kurz nach einem Ereignis, das ihn ja mindestens erschreckt hatte. Er nahm die Flasche, löste das Stanniol, öffnete dann die Agraffe und bewegte den Korken anschließend beinah unmerklich hin und her, bis er mit einem kaum vernehmbaren Plopp aus dem Flaschenhals glitt. Dann goss er zuerst Jade Rio ein, als Nächstes dem Commissaire und dann sich selbst. Der Schaumwein prickelte stark und hatte eine tief goldgelbe Farbe.

Der junge Mann hatte ihre fragenden Blicke wohl bemerkt, denn er sagte trocken: »Um mal wieder meinen Vater zu zitieren: ›Ich weiß, dass er gut ist, ich muss ihn nicht vorkosten. Delacrue korkt nicht.‹ Eine dumme Angewohnheit, aber manchmal übernimmt man eben die dümmsten Angewohnheiten seiner Eltern, oder?« Dann wurde sein Blick ernster, fast feierlich. Er hob sein Glas, um mit ihnen anzustoßen. »Ich habe wohl allen Grund, Ihnen dankbar zu sein, deshalb möchte ich auf Sie trinken. Ich stehe tief in Ihrer Schuld. Commissaire, Capitaine? Auf Ihr Wohl.«

Die Gläser klirrten aneinander, und Lacroix nahm den ersten Schluck. Der Champagner war sehr kräftig, hatte Noten von heller Traube und Aprikosen, aber der Commisaire konnte auch die Stärke des Alkohols und die Würze des Holzes vom Fass herausschmecken. »Ein wunderbarer Tropfen«, sagte er, und Rio nickte bekräftigend.

»Ich bin froh, dass Sie nicht sind wie die Polizisten in den Filmen, die im Dienst immer jedes Schlückchen Alkohol ablehnen, während der Schnaps zu Hause dann in Strömen fließt. Aber nun möchte ich wirklich wissen, was da im Zug los war. Wer war dieser Mann, der vor Ihnen geflohen ist?«

»Wenn wir das wüssten«, antwortete Lacroix. Er griff in die Innentasche seines Mantels und reichte Delacrue die beiden Phantomzeichnungen. »Kennen Sie einen dieser Männer?«

Mit gerunzelter Stirn besah der sich die Zeichnungen und sagte nach einer Weile: »Nein, ich habe keinen der beiden jemals zuvor gesehen. War einer von ihnen der Mann im Zug?«

»Das habe ich im Tunnel nicht genau erkennen können. Aber ich nehme es an.«

»Woher wussten Sie, dass er mir auflauern würde?«

»Sagen wir, es gab eine Besprechung über den geplanten Mordanschlag – und nebenan saß ein Zeuge, der mir sehr wohlgesonnen ist.«

»Also ein Mitwisser, den Sie kennen?«

»Ja, allerdings ungeplant. Die beiden Männer haben sich für ihr Gespräch in einem Restaurant getroffen, und unser Gerichtsmediziner saß zufällig einen Tisch weiter.«

»Sie meinen, einer der Männer hat angeordnet, dass ich ermordet werde, und ein anderer sollte den Plan heute ausführen.« Nun war Delacrue doch blass geworden. Er trank sein Glas in einem Zug aus und goss es noch einmal voll.

»Davon gehen wir aus. Unser Problem war, dass wir nicht wussten, um wen es eigentlich ging und für welchen Zeitpunkt der Anschlag angesetzt war. Seit heute Morgen sind wir immer wieder von Paris nach Reims gefahren und zurück, bis ich dann auf Sie gestoßen bin. Wirklich keine Sekunde zu spät.«

»Aber was wollen diese Männer?«

»Nun, es hat irgendwas mit dem Haus zu tun. Dem ältesten Haus. Ich hatte nicht daran gedacht, dass die Sitze der alteingesessenen Winzer hier in der Region Champagnerhäuser genannt werden und nicht etwa *châteaux*, wie im Südwesten. Deshalb bin ich nicht gleich draufgekommen.«

»Woher wissen Sie das mit dem ältesten Haus?«

»Auch davon hat mein Docteur die Männer reden hören.«

»Woher sollte jemand in Paris denn wissen …?« Wieder brach Delacrue ab.

»Was meinen Sie, Monsieur?«

»Wenn wir ausgetrunken haben, fahren wir zusammen nach Ay, dann verstehen Sie vielleicht. Mein Wagen steht da vorn im Parkhaus. Ich parke immer hier in Reims und fahre die letzten zwanzig Minuten mit dem Auto. Ich könnte natürlich auch direkt nach Ay fahren, aber dieser Regionalzug und dann zweimal umsteigen … nein, das taugt mir nicht.«

»Warum waren Sie in Paris?«

»Meine Freundin lebt dort. Ich verbringe immer die Wochenenden bei ihr, weil es mir hier in der Champagne zu eng wird. Man hat immer die gleichen Menschen um sich, quasi seit der Geburt. Die Restaurants sind nicht so gut wie in Paris, nun gut, bis auf das Racine hier in der Stadt. Und es gibt keine guten Clubs. Deshalb habe ich mein Leben aufgeteilt: In Paris kann ich tun und lassen und vor allem lieben, wen ich will – und hier war ich lange der brave Student in Reims und nun der Nachfolger meines Vaters, der alles über Champagner und vor allem über die wirtschaftlichen Zusammenhänge lernt, auch wenn er längst alles weiß.«

»Aber, wie Ihr Vater sagt: In der Praxis lernt man das alles viel besser.« Rio grinste.

»Sie scheinen ihn gut zu kennen.«

»Nein, aber ich habe auch einen Vater. Meiner ist Polizist auf Mayotte. Deshalb weiß ich genau, was Sie meinen. Er würde mir bis heute zeigen, wie man eine Waffe richtig hält.«

Lacroix nippte noch einmal an seinem Champagner, dessen Bukett von Schluck zu Schluck besser und ausgewogener wurde, dann schlug er sich auf den Oberschenkel. »Herrje, wir haben in dem Stress ganz vergessen, Paganelli zu informieren. Rufen Sie ihn bitte an. Nicht, dass er noch drei Runden herrenlos zwischen Paris und Reims hin- und herpendelt.«

»Soll er ins Commissariat gehen oder herkommen?«

»Rufen Sie ihn her. Er soll mit einem Wagen nach Ay kommen. Vielleicht brauchen wir ihn dort.«

Er zwinkerte ihr kurz zu, und sie nickte kaum merklich.

»Verstanden, Commissaire.«

Sie griff nach ihrem Handy und entfernte sich ein paar Schritte. Dann hörte er sie leise mit dem Korsen reden. Gut, dass sie sich wortlos verstanden: Er hatte ihr bedeutet, sie möge Paganelli bitten, vorher alles über die Familie Delacrue herauszufinden, was in den Akten stand.

»Wie können wir Ihre Freundin erreichen?«

»Wozu denn, Commissaire?«

»Nun, einerseits will sie sicher gern Bescheid wissen, wenn Mordanschläge auf ihren Partner verübt werden. Und andererseits würden wir gern alles über Sie und die Menschen in Ihrer Nähe erfahren, wenn Sie verstehen.«

»Natürlich. Sie heißt Aurelie Lapalle und wohnt im Achtzehnten. Ich würde sie aber gern zuerst anrufen.«

»Das können wir auf der Fahrt erledigen. Ist noch was in der Flasche? Einen Schluck würde ich noch nehmen, Monsieur Delacrue. Ihr Champagner ist tatsächlich grandios.«

Rote Trauben

14

Die Départementale 951 führte über den Kanal und die Vesle aus Reims hinaus und sogleich in einen tiefen Wald. Xavier Delacrue fuhr einen großen Geländewagen, eine Mercedes-Benz G-Klasse, wie Rio dem Commissaire ziemlich aufgeregt zugeraunt hatte. Lacroix selbst hätte den Wagen nie erkannt, seine Kollegin aber war eine Autonärrin, die immer wieder darum bat, den simplen Renault des Teams doch gegen ein etwas besser motorisiertes deutsches Modell einzutauschen. Lacroix schob stets die fehlenden Mittel vor, in Wahrheit hatte er angesichts ihres Fahrstils schlicht keine Lust, ihr noch einhundert Pferdestärken zusätzlich anzuvertrauen. Die Fenster standen offen, und die sonnengewärmte Abendluft wehte in den Wagen hinein.

Der junge Mann fuhr die Strecke einhändig. Er hatte vorhin mit seiner Freundin telefoniert, ein rasches, flüsterndes Gespräch, nun aber war er sehr schweigsam, schien nachdenklich – oder als bereite er sich auf etwas vor. Lacroix gab ihm die Zeit zum Durchatmen.

Hinter der Abfahrt nach Champillon lichtete sich der Wald, und der Blick des Commissaire wurde angezogen von den Hängen auf der linken Seite, auf denen in Reih und Glied die Rebstöcke standen, beschienen von der Abendsonne. Es war ein herrliches Bild. Auch Rio betrachtete das Panorama mit einem verzückten Gesichtsausdruck. Sie waren sehr weit entfernt, und doch meinte Lacroix, die Trauben an den Reben ausmachen zu können, die in voller Frucht standen. Weit hinter den Weinbergen lag ein Dorf, Champillon musste das wohl sein. Ein hoher Kirchturm überragte die übrigen, gedrungenen Gebäude des Ortes.

An der nächsten Kreuzung bogen sie in Richtung Ay ab, durchfuhren Dizy, und nun war die Straße links und rechts gesäumt von Weinfeldern. Kleine beschriftete Wegsteine markierten die Besitzer der Reben, all die prominenten Namen der großen Champagnerhäuser flogen nur so vorbei: *Perrier-Jouet, Billecart-Salmon, Veuve Clicquot Ponsardin*. Am liebsten hätte Lacroix Delacrue gebeten anzuhalten, um von den vollen Trauben zu kosten, die da hingen. Trauben, die in wenigen Wochen zum legendärsten Getränk der Welt werden würden.

»Wann beginnt die Lese, Monsieur?«

»Es war ein wahnsinnig warmer Sommer. Die Lese wird für jede Gemeinde verbindlich festgelegt, hier in Ay startet sie Ende dieser Woche. Der Termin verschiebt sich von Jahr zu Jahr nach vorn, dem Klimawandel sei Dank. Aber sei's drum. Die Erntehelfer reisen gerade an. Die Trauben werden in der Champagne nur von Hand geerntet, wussten Sie das?«

»Ich habe davon gelesen«, sagte Lacroix. »Wie entscheiden die Comitées, wann die Lese beginnt?«

»Indem wir alle in die Trauben gehen und sie prüfen. Ich mache das ab August zweimal täglich. Wir prüfen den Zuckergehalt und die Säure – beides muss zueinanderpassen, natürlich je nach Sorte. Wenn es zu warm ist, wird die Traube überreif und der Restzucker zu hoch.

Dann schmeckt alles wie … na, ich nenne mal lieber keine Marke, nicht, dass ich noch Ihren Lieblingschampagner schlechtmache.« Delacrue lachte.

Sie fuhren gar nicht ganz nach Ay hinein, sondern bogen kurz hinterm Anwesen von Veuve Clicquot nach rechts ab. Ein kleines weißes Schild verkündete in goldenen Lettern den Namen *Champagner Delacrue*. Ein holpriger Feldweg führte an den Ausläufern der kleinen Stadt entlang. Lacroix hielt sich am Griff oberhalb der Tür fest. Aus dem Feldweg wurde ein Kiesweg, dann bogen sie hinter einer Mauer aus Sandstein links ab und kamen in einem Park vor einem großen Herrenhaus zum Halten. Ein solches Anwesen hätte Lacroix eher im südlichen England erwartet: dunkelbrauner Stein, hohe Fenster, zwei Türme rechts und links des Portals. *Maison Delacrue.* Sie waren angekommen.

»*Bienvenue* in meinem Elternhaus«, sagte ihr Fahrer. »Nun werden Sie gleich verstehen, worauf ich vorhin angespielt habe. Erst dachte ich, ich könnte Sie einfach überrumpeln, um nicht zu viel erklären zu müssen. Aber ich werde Sie lieber doch vorbereiten. Kommen Sie.«

Er führte Lacroix und Rio zu einem Tisch mit vier Stühlen unter einer mit wildem Wein bewachsenen Pergola. Im Garten standen sechs hohe Platanen, die das Haus beschatteten. »Möchten Sie noch ein Glas Champagner?«

»Merci, Monsieur Delacrue. Lieber nicht. Eine Flasche war erst einmal genug.«

In der Ferne knallte es, Lacroix hob den Kopf. Das waren Schüsse, unverkennbar.

»Sie jagen«, sagte Delacrue erklärend. »Die Jäger aus

der Umgebung nutzen die Zeit, bis wir alle für die Lese in die Reben müssen. Jetzt haben sie noch die Möglichkeit.«

Lacroix nickte.

»Wissen Sie«, fuhr der junge Mann fort, »ich habe die ganze Fahrt über nachgedacht, was das alles zu bedeuten haben könnte. Aber ich finde keine Antwort darauf. Ich kenne Sie nicht, Commissaire, aber vielleicht finden Sie eine Antwort.«

»Ich werde es versuchen. Also bitte, erzählen Sie, Monsieur.«

»Nun, dieses Haus ist – wie ja sogar die Männer hinter dem Anschlag wissen – das älteste Haus in der Champagne. Es ist längst nicht so berühmt wie Dom Perrignon oder Bollinger, aber es ist qualitativ hervorragend und vor allen Dingen familiengeführt. Das bedeutet echten Kennern eine Menge in diesen Zeiten, wo vor allem die großen Luxuskonzerne ein Haus nach dem anderen aufkaufen. Ich habe da, anders als mein Vater, gar nichts dagegen, weil wir so der Geheimtipp bleiben und die Nachfrage immer weiter ansteigt. Gerade die jungen Kenner suchen besondere Champagner, weil sie sich auf Instagram von den großen Marken abheben wollen.«

Lacroix hatte keine Ahnung, wovon der junge Mann sprach. Aber Rio nickte eindrücklich, also ergab es wohl Sinn, was er sagte.

»Nun, worauf ich hinaus will: Das hier ist kein beliebiges *château* im Burgund oder eine dieser austauschbaren Proseccofabriken in Italien. Das ist die Champagne. Die Häuser hier sind echte Goldgruben – aber mehr noch: Sie tragen so viel Historie in sich, so viel Ruhm – die Champagnerfamilien, die sind wie kleine Königshäuser. Aber damit ging auch immer eine riesige Verantwortung einher. Heute ist das alles ein wenig entspannter als damals, aber es ist immer noch mit vielen Dingen beladen. Wissen Sie, als mein Vater noch ein junger Mann war, da gab es tatsächlich einen Heiratsmarkt. Niemals wäre ein Gutsbesitzer aus Epernay auf die Idee gekommen, eine mittellose Frau aus dem Süden zu ehelichen. Die *maisons de Champagne* blieben stets in der Champagne. Etwa, weil man mit einem Mädchen aus dem Nachbardorf verkuppelt wurde – so wie mein Vater. Warum erzähle ich Ihnen das alles? Um zu erklären, dass dieser Besitz hier sehr viel Verantwortung mit sich bringt. Eine Verantwortung, die ich Zeit meines Lebens gespürt habe und bereit bin zu tragen.«

Gerade wollte Lacroix fragen, ob der junge Delacrue nun endlich zum Punkt kommen würde, da hob dieser zum Höhepunkt der Erzählung an.

»Und in wenigen Tagen werde ich diese Verantwortung allein tragen müssen. Mein Vater«, er wies auf ein Fenster im ersten Stock, »liegt in den letzten Zügen. Er ist schwerkrank, und die Schwester, die ihn pflegt, hat mich heute Morgen angerufen. Wir werden wohl noch am Abend nach dem Pfarrer schicken.«

»Ihr Vater liegt im Sterben«, sagte Lacroix nachdenklich, »und da lassen Sie sich heute so viel Zeit? Nehmen einen späten Zug? Trinken eine Flasche Champagner in Reims?«

Ein bitteres Lächeln umspielte die Züge des jungen Delacrue. »Er liegt nicht erst seit heute im Sterben«, erwiderte er. »Kennen Sie das nicht? Dass man sich an einen schlimmen Zustand gewöhnt – und dass man gleichzeitig gern vor ihm weglaufen würde? So lange es geht?«

Lacroix nickte. Er verstand. Aber er verstand auch, was die Nachricht des nahenden Todes bedeutete. In seinem Kopf begann es zu arbeiten.

»Sind Sie der Alleinerbe? Ist Ihre Mutter ...«

»Ja, sie ist vor drei Jahren gestorben. Sie war noch sehr jung. Aber der verdammte Krebs ...« Er beendete den Satz nicht, sondern holte einmal tief Luft und wischte sich über die Augen.

Lacroix mochte den jungen Mann. Er schien einen guten Kontakt zu seinen Gefühlen zu haben. Andererseits ... Er hätte sich gerne verboten, diesen Gedanken zu Ende zu denken. Andererseits: Konnte ein so eloquenter Mann nicht auch schauspielern, wenn es seinen Zwecken diente?

»Und Sie denken, Monsieur Delacrue, dass der Mordanschlag etwas mit dem nahenden Tod Ihres Vaters zu tun haben könnte?«

»Finden Sie die zeitliche Nähe nicht auffällig? Allerdings habe ich keine Ahnung, wie genau diese beiden Ereignisse miteinander verknüpft sein könnten.«

»Wer weiß denn, dass Ihr Vater im Sterben liegt?«, fragte Rio. »Ist er schon lange krank?«

»Er hat seit Jahren Herzprobleme. Aber in den letzten Wochen hat sich sein Zustand verschlechtert. Wissen Sie, offiziell weiß das natürlich niemand. Aber diese Dörfer hier ... Die Schwester spricht mit ihrem Mann, der erzählt es in der Bar, der Barbesitzer erzählt es der Friseurin, und dann können Sie es gleich in die Zeitung schreiben. Es ist eine große Sache, wenn jemand geht, der so bekannt ist wie mein Vater.«

»Meinen Sie, ich könnte mit ihm sprechen?«

»Werden Sie ihm sagen, was heute passiert ist?«

»Nicht, wenn es sich vermeiden lässt.«

»Er ist ein *loup*, mein Vater, er wird sich nicht mit einer Lüge zufriedengeben.«

»Ich werde versuchen, ihm jeglichen Kummer in diesem schweren Moment möglichst zu ersparen. Das verspreche ich Ihnen.«

»Gut, dann bringe ich Sie zu ihm. Und dann würde ich gern in die Trauben gehen.«

»Einverstanden. Meine Kollegin begleitet Sie. In Ordnung, Capitaine?«

»Natürlich. Können wir kurz sprechen, Commissaire?«

Sie gingen ein Stück im Garten auf und ab. »Paganelli hat mir eine Nachricht geschickt. Er ist auf der Autobahn kurz hinter Château-Thierry. Er wird in etwa einer Stunde hier sein.«

»Sehr gut.«

»Er hat eine Aktenanfrage zur Familie Delacrue gemacht. Keinerlei Einträge. Weder im Strafregister noch im Schuldenregister. Die Familie scheint einwandfrei zu sein. Auch Xavier. Nicht mal ein Vermerk wegen Cannabis oder so.«

»Champagner scheint mir als Droge ausreichend.«

»Da könnten Sie recht haben, Commissaire.«

»Sie mögen ihn, nicht wahr?«

»Ich habe selten einen so souveränen Mann kennengelernt. In dem Alter und kurz nachdem er einen Mordanschlag überlebt hat. Glatt ein Mann zum Verlieben, wenn ich nicht auf Frauen … Verzeihung, Commissaire.«

»Schon gut, Capitaine.«

»Wenn ich es nicht besser wüsste, würde ich sagen, er ist ein erstklassiger Schauspieler.«

»Oder es stimmt alles, was er sagt.«

»Wann hat jemals alles gestimmt, Commissaire?«

»Auch wieder wahr.«

15

Haben Sie schon mal von meinem Vater gehört, Commissaire?«, fragte der junge Delacrue, als sie ins Haus traten. Lacroix stieg ein Duft in die Nase, der ihm auch in alten Landhäusern in der Normandie immer wieder begegnete: Der Geruch der Jahrhunderte schien sich wie eine Patina auf die Mauern gelegt zu haben. Hier kamen noch zwei andere Noten hinzu: Kork und Holz. Als befänden sich die *caves*, die Champagnerkeller, direkt unter dem Herrenhaus.

»Nein, noch nie«, sagte Lacroix ehrlich und rundheraus, »ich kenne natürlich den Namen Ihres Hauses und habe sicherlich schon des Öfteren eine Flasche Delacrue getrunken, ohne zu ahnen, dass wir uns eines Tages begegnen würden. Was für Geschichten erzählt man sich denn von Ihrem Vater?«

»Kommt drauf an, wen Sie fragen. Die Arbeiter in den Reben würden sagen, er ist ein Tyrann. Ein Menschenschinder, der, während in den anderen Häusern schon lange das Abendessen auf dem Tisch steht, noch immer die Lese in den Weinbergen beobachtet, quasi mit der Reitpeitsche in der Hand. Die anderen Winzer werden Ihnen sagen, dass er ein Schlitzohr ist, das selbst noch den letzten Jahrgang als das absolute Nonplusultra verkaufen würde. Und wir, nein, ich korrigiere, ich, denn ich bin alles, was von der Familie übrig ist, würde sagen, dass er der klügste Mann ist, den ich kenne und dass ich einen Heidenrespekt vor ihm habe. Und vor dem, was er in seinem Leben und mit diesem Haus hier erreicht hat. Denn jetzt ist er in erster Linie ein alter Mann, der ist wie alle Sterbenden. Das denke ich zumindest. Sicher haben Sie mehr Sterbende gesehen als ich.«

»Lieben Sie ihn?«

»Ich liebe ihn, so wie ich ihn oft genug gefürchtet habe.«

Lacroix nickte. Hier im Erdgeschoss war der Flur mit Bildern des Hauses und der Weinberge behangen, alte Aquarelle von einem Maler, der die Umgebung sehr realitätsgetreu wiedergegeben hatte. Wahrscheinlich Auftragsarbeiten, dachte er. Der Flur war schlicht möbliert, die Türen zu den weiteren Zimmern alle geschlossen. Staub flirrte durch die Luft. Lacroix fragte sich unwillkürlich, wo in diesem alten Haus wohl Xavier Delacrue wohnte. Er konnte sich den jungen Mann, der vor Kreativität und Geistesreichtum sprühte, nur schwer in diesem düsteren, beinahe musealen Haus vorstellen.

Sie gingen gemeinsam die Treppe hinauf, bei jedem Schritt knarzte das alte Holz, das vom Auf und Ab der Jahre ganz glattgeschliffen war.

»Ich erzähle Ihnen das, weil ich nicht weiß, wie er auf Sie reagieren wird. Das liegt nicht allein an seinem Gesundheitszustand. Man weiß vorher nie, woran man bei ihm ist. Auch ich kann das nach all den Jahren erst einschätzen, wenn ich ihn am Morgen ein paar Minuten beobachtet habe.«

»Ich danke Ihnen, Monsieur.«

Xavier blieb stehen und wies den Gang hinunter. »Ich brauche noch kurz, ja?«

Lacroix nickte.

»Es ist am Ende des Flurs, das Zimmer geradeaus. Wenn Sie etwas brauchen, rufen Sie durchs Fenster. Wir sind draußen bei den Trauben. Seine Krankenschwester wird in einer halben Stunde wieder bei ihm sein. Um diese Zeit macht sie Besorgungen im Dorf und in der *pharmacie*.«

Delacrue ließ ihn am Treppenabsatz zurück und ging wieder nach unten. Er schien beschwingteren Schrittes als noch zwei Minuten zuvor. Lacroix fragte sich, warum der Sohn so eine Erwartungshaltung aufgebaut hatte, was seinen Vater anging. Als hätte er dem Commissaire Angst machen wollen. Aber was sollte er damit bezwecken?

Er klopfte an die dicke Holztür, erhielt aber keine Antwort. Er wartete, klopfte noch einmal, und als er dann immer noch nichts hörte, betrat er leise das Zimmer. Die Läden des einen Fensters waren geschlossen, das andere wies wohl Richtung Norden, deshalb lag das Zimmer im Halbdunkel. Es roch nach Desinfektionsmittel und nach den Ausdünstungen des Alters, dachte Lacroix, und sofort kroch ihm ein Gefühl den Rücken hinauf, das ihm nicht behagte.

An der rechten Wand stand ein altes hölzernes Bett, das so unbequem und durchgelegen aussah, wie es wahrscheinlich auch war. Die Gestalt darin wirkte klein und schmal. Der Körper steckte unter einer leichten Decke, nur das Gesicht schaute heraus. Der alte Mann hatte volles weißes Haar und ein graues, furchiges Gesicht, seine Augen waren geschlossen. Sonst stand in dem Zimmer nur ein hölzerner Kleiderschrank, ein Stuhl und ein kleiner Glasschrank mit Medikamenten und Spritzen. Lacroix zog sich den Stuhl heran und setzte sich. Dann betrachtete er abwechselnd den Mann und das Kruzifix über dem Bett und wartete. Er hörte den schnaufenden Atem des Mannes: Es war kein Schnarchen, es klang eher, als würde ihm immer wieder einmal die Luft fehlen. Der Commissaire wollte den Alten wecken, brachte es dann aber nicht über sich. Noch ein paar Minuten …

Lacroix spürte, wie das Adrenalin seinen Körper noch immer zum Pochen brachte. In der Stille nahm er besonders deutlich wahr, welche Anstrengungen dieser Tag für ihn bereitgehalten hatte und wie hoch seine Anspannung gewesen war. Langsam beruhigte sich sein Atem, er konnte die singenden Vögel vor dem Fenster wieder ganz bewusst hören. Nach einer Weile schloss er selbst die Augen.

Er konnte nicht sagen, wie lange er so dort gesessen hatte, aber irgendwann vernahm er, wie der Atem des Alten ungleichmäßiger wurde. Er schien langsam zu erwachen. Nach einer Weile fragte er: »Wer sind Sie?«

»Commissaire Lacroix.«

»Lacroix … Lacroix … Paris?«

Als der Commissaire ihm den Blick zuwandte, sah er, dass der Alte ihn ansah, ja beinahe anstarrte, aus grauen milchigen Augen, den Augen des Alters.

»Ja, von der Brigade Criminelle in Paris.«

»Ihre Frau ist die Bürgermeisterin, richtig?«

»So ist es, Monsieur.«

»Und Sie sind der berühmte Commissaire. Ich habe von Ihnen gelesen, sogar hier auf dem Land kennt man Sie.«

»Manchmal ist das gar nicht förderlich, Monsieur. Das weckt immer Erwartungen.«

»Haben Sie Ihre Mühe mit Erwartungen?«

»Ich kann es nicht leiden, sie nicht erfüllen zu können.«

»Nun, ich bin Ihnen im Leben ja doch noch ein paar Jahre voraus. Deshalb kann ich Ihnen sagen: Aus meiner Erfahrung erfüllen wir Alten unsere Aufgaben auch deshalb selbst jetzt noch tadellos – nun, ich heute vielleicht nicht mehr –, weil die Erwartungen an uns immer sehr hoch waren. Dieses ›Kommst du heut nicht, kommst du morgen‹, das ja praktisch der Leitspruch der heutigen Jugend ist, das wird die Welt in großes Unheil stürzen.«

»Ich weiß nicht, Monsieur Delacrue. Ich habe in den Gesprächen mit Ihrem Sohn durchaus das Gefühl bekommen, dass er die in ihn gesetzten Erwartungen einwandfrei erfüllen wird. Vielleicht sogar übertreffen.«

»Wir werden sehen, Commissaire. Also, ich werde es nicht sehen. Höchstens von da oben, wenn der Herr mich lässt.«

»Wären Sie denn ein Fall für die andere Seite?«

»Glauben Sie an die Hölle, Commissaire?«

»Nur an die Hölle auf Erden, Monsieur Delacrue.«

»Sie sind also nicht gläubig?«

»Doch, sehr sogar. Mein Bruder ist Priester. Und weil er so ein gütiger Mann ist, stelle ich mir immer vor, dass auch Gott ein sehr gütiger Mann ist. Am Ende ist alles Himmel, denke ich. Aber die Hölle auf Erden, die habe ich leider allzu oft gesehen.«

Der alte Mann stöhnte.

»Ich bin ein wenig müde, Commissaire. Auch wenn es mich erfreut, so kurz vor meinem Hinübergleiten noch ein Gespräch zu führen, das darüber hinausgeht, ob ich meine Tabletten genommen habe: Verraten Sie mir doch, was ich für Sie tun kann?«

Lacroix rückte seinen Stuhl noch ein bisschen näher ans Bett heran. Dann sagte er leise: »Wir haben die Befürchtung, dass jemand Ihrem Sohn nach dem Leben trachtet. Es … es hat einen Anschlag gegeben.«

»Auf Xavier?« Der Alte hatte schnell geantwortet, und die Frage hing in der Luft.

»Ja, aber es geht ihm gut, wir konnten das Schlimmste verhindern. Und nun wollen wir diejenigen finden, die es auf ihn abgesehen haben.«

»Aber … was ist denn passiert?«

»Das hatte ich gehofft, von Ihnen erfahren zu können, Monsieur Delacrue.«

Die Stimme des Alten war zittrig, als er sachte erwiderte: »Commissaire, ich hatte auch noch eine Hoffnung. Ich hatte gehofft, diese letzte Champagnerlese meines Lebens noch mit eigenen Augen sehen zu können. Sie beginnt in dieser Woche. Aber ich werde sie nicht mehr sehen können. Ich kann nicht mehr aufstehen, wissen Sie? Seit zehn Tagen nicht. Es ist nicht daran zu denken. Meine Beine tragen mich nicht mehr, und in einem verdammten Rollstuhl würde ich sofort zur Seite kippen. Ich kann nicht mehr sehen, wie meine Männer die Trauben einsammeln und in den großen Trog kippen, um anschließend daraus … na, Sie wissen schon. Das Einzige, was mir Befriedigung verschafft, ist, dass der Jahrgang meines Todes ein besserer wird als der meiner Geburt. Es war ein großartiges Jahr. Viel Sonne im Frühjahr, leichte Sommerregen und dann die Hitze vor drei Wochen, schlicht perfekt.«

»Monsieur.« Lacroix war angesichts dieses Ablenkungsmanövers überrascht. Etwas in seinem Magen krampfte sich zusammen. »Ihr Sohn ist vor zwei Stunden nur knapp einem Mordanschlag entgangen. Im Zug nach Reims. Ich kann mir darauf keinen Reim machen. Aber ich denke, Sie können das. Warum sollte jemand Ihren Sohn aus dem Weg räumen wollen? Was für eine Geschichte verbergen Sie?«

Das anschließende Schweigen legte sich wie Blei über den Raum. Lacroix, der es nicht mehr aushielt, stand auf und begann, auf und ab zu gehen. Dann stellte er sich ans Fenster, öffnete es, ohne um Erlaubnis zu fragen, und atmete die frische Landluft tief ein. Von hier oben konnte man im Abendlicht den gesamten Weinberg überblicken. Es war ein zutiefst friedliches Bild, die langen Schatten der Rebstöcke auf dem sandigen Boden. Zwei Gestalten hatten sich gerade zu den Trauben gebückt und richteten sich nun auf. Der Commissaire erkannte den jungen Delacrue und Rio. Die beiden standen nebeneinander und probierten einzelne Früchte. Lacroix hörte das Lachen seiner Capitaine.

»Ich kann es Ihnen nicht sagen, Commissaire«, sagte der Alte nach einer Ewigkeit, und sofort wurde Lacroix wieder ins Hier und Jetzt geholt. Die Stimme des Mannes hatte seltsam geklungen, belegt, gebrochen. Ganz anders als in den Minuten zuvor.

»Wieso, Monsieur Delacrue?«, fragte er und wandte sich wieder dem Bett zu.

»Ich fühle mich nicht wohl in Ihrer Gesellschaft, ich möchte, dass Sie mein Haus …«

Lacroix hatte sich zu schnell vom Fenster weggedreht. Im letzten Augenblick war sein Blick von etwas angezogen worden. Ohne zu zögern, beugte er sich wieder

hinaus und sah sie jetzt deutlich: die Gestalt in den Schatten. Ein Mann, auf einem Hochsitz, vielleicht zwei-, drei-
hundert Meter weiter östlich. Und Lacroix sah, was er in
der Hand hielt. Er sah den Schnauzbart, die buschigen
Brauen, das unbewegte düstere Gesicht. Der Mann hob
den Arm, legte an, und Lacroix brüllte: »Rio, runter.«

16

Der Schuss hallte über die umliegenden Felder, und dann ertönte ein Schrei. Ein furchtbarer Schrei. Animalisch, hell, wie aus tausend Kehlen. Lacroix wurde an seinem Fenster ganz steif, er sah den Mann vom Hochsitz klettern und dann quer durch die Rebstöcke hetzen, Rio und den jungen Delacrue aber sah er nicht mehr. Endlich schaffte der Commissaire es, den Blick abzuwenden. In seinem Bett lag der alte Mann nun mit aufgerissenen Augen und starrte Richtung Fenster.

»Was ist mit Xavier?«, krächzte er und versuchte erfolglos, sich aus seiner liegenden Position aufzurichten. »Was ist mit ihm?«

Lacroix aber antwortete nicht, er rannte los, die Treppe hinab und aus der Tür. Er schlug den Bogen ums Haus, die Felder waren auf der Rückseite des Anwesens. Der Weg war weit, er atmete schwer. Ein Jagdgewehr. Und damit schossen sie auf das Haus der Familie. Wer auch immer diese Täter waren, sie kannten keine Grenzen. Lacroix sah die beiden nicht gleich, musste erst einige Rebstockreihen absuchen. Dann fand er sie, nur ein paar Schritte noch, dann war er bei ihnen.

Xavier kniete neben Jade Rio und stammelte nur immer wieder: »Sie hat mich gerettet, sie hat mich gerettet.«

Lacroix kam schnaufend neben den beiden zum Stehen. Sein Herz raste, als er das Blut erblickte. Doch dann richtete Rio sich mit schmerzverzerrtem Gesicht auf und sah ihn an. Sie hielt sich Arm und Schulter, irgendwo dort musste die Kugel aus der Waffe des Mannes eingedrungen sein.

»Nur ein Streifschuss. Der Bastard«, stieß sie hervor.

Lacroix nickte ihr zu. »Sie haben ihn gerettet, Capitaine.«

»Sie hat sich einfach über mich geworfen, und dann hat jemand geschossen, ich hab ihn gar nicht gesehen«, sagte Delacrue. »Ich hole gleich die Krankenschwester, und dann rufen wir einen Arzt.«

»Das dauert zu lang. Wir brauchen einen Rettungswagen«, sagte Lacroix. »Geben Sie mir Ihr Handy, Capitaine.«

»Ich segne den Tag, an dem Sie sich selber eins kaufen«, sagte sie mit einem verzerrten Grinsen, während sie in ihrer Hosentasche danach angelte.

»Hier, ich mache das«, sagte Xavier schnell. »Commissaire, folgen Sie dem Mann.«

»Der wird über alle Berge sein, er ist dort …«

Doch dann erwachte etwas in ihm, ein Fieber, auch eine ungeahnte Wut. Lacroix rannte los, so schnell er konnte, er hatte ja gesehen, in welche Richtung der Mann versucht hatte zu entkommen. Lacroix wusste, er würde zu spät kommen, der Täter hatte einen großen Vorsprung. Trotzdem verließ er das Anwesen und folgte der kleinen Dorfstraße, er war nicht mehr der Jüngste, deshalb rang er nach kurzer Zeit um Atem, aber der Gedanke an Rio auf dem Boden, der ließ ihn weiterlaufen. Immerhin kam er gerade noch rechtzeitig, um weiter vorn an der Kreuzung Reifen quietschen zu hören. Da auf der kleinen

Dorfstraße bremste ein Wagen, es gab einen dumpfen Knall – und dann erkannte Lacroix das stehende Auto: Es war der Zivilwagen seiner Einheit. Die Tür öffnete sich, und Paganelli sprang hinaus. Er rannte zu dem am Boden liegenden Mann, Lacroix hörte ihn rufen: »Verdammt, sind Sie verrückt? Sie sind mir voll vor die Karre gerannt. Ich hole sofort einen Rettungswagen.« Und dann hörte Lacroix den Mann in einer fremden Sprache fluchen. Seine Waffe, ein langes Gewehr, lag drei Meter neben ihm. Endlich erreichte auch der Commissaire die Straße. Paganelli starrte seinen Chef, der plötzlich verschwitzt und außer Atem vor ihm stand, überrascht an. Alle drei tauschten unschlüssige Blicke aus, dann endlich brachte Lacroix die Worte hervor: »Sehr gut gemacht, Adolphu! Der Rettungswagen kommt schon. Aber jetzt erst mal: festnehmen, den Mann.«

Es war das erste Mal in acht Jahren, dass Lacroix den Korsen duzte.

17

Lacroix hatte zusammen mit Xavier Delacrue und der Krankenschwester bei Jade Rio am Rande der Weinfelder auf den Rettungswagen gewartet. Der Notarzt hatte die Capitaine untersucht, und dann waren sie abgefahren, ins Krankenhaus von Reims.

»So hatte ich mir meinen Ausflug in die Champagne nicht vorgestellt«, hatte Rio gesagt, bevor sich die Türen schlossen.

Er hatte ihr noch eine Weile nachgesehen. Der Angreifer war bei dem Unfall nur leicht verletzt worden, hatte der Notarzt festgestellt, er hatte sich auf der Motorhaube geschickt abgerollt, dennoch hatte ihm der raue Asphalt ein paar Schürfwunden eingebracht. Paganelli hatte ihn mit Xaviers Erlaubnis in eine Scheune hinter dem Herrenhaus gebracht.

Lacroix trat ein. Die ganze Halle war voll von großen Bottichen aus Edelstahl, und an der Rückwand stand ein Stuhl. Darauf saß, die Hände auf dem Rücken gefesselt, der Mann, der Korse tigerte neben ihm auf und ab. Von Weitem erinnerte die Szenerie an einen Folterkeller.

»In zwei Wochen blubbert und gärt es hier, was das Zeug hält«, sagte Xavier zu Lacroix. »Erst in den Tanks und dann noch einmal in den Flaschen. Sehen Sie, dort hinten.«

»Sie lieben Ihr Produkt wirklich, oder, Monsieur Delacrue?«

»Was meinen Sie?«

»Sie wurden gerade fast von einer Kugel getroffen und schwärmen trotzdem noch von der Gärung des Champagners.«

»Wenn wir schon mal hier sind …«

»Sagen Sie mir bitte, ob Sie den Mann auf dem Stuhl schon einmal gesehen haben, ja? Und dann lassen Sie uns bitte allein.«

Der junge Delacrue sah den Mann mit dem Schnauzbart prüfend an. Dann schüttelte er den Kopf. »Ich habe ihn noch nie gesehen. So langsam denke ich, dass das alles eine große Verwechslung ist.«

»Schön wär's. Ich danke Ihnen.«

Delacrue drehte sich um und wollte gerade hinausgehen, da sagte Lacroix: »Ach, Monsieur. Gehen Sie doch zu Ihrem Vater. Ich denke, er macht sich Sorgen um Sie.«

Dann ging er weiter hinein in die Produktionshalle und trat an Paganellis Seite.

»Wie geht es ihr?«, fragte der Korse.

»Der Arzt sagt, es wird schon. Sie kriegt starke Schmerzmittel.«

»Ein Glück. Der Typ will nicht reden.«

»Oder er kann nicht«, sagte Lacroix.

Er betrachtete den kleinen Mann mit dem Schnauzer, dem dunklen Teint und den tiefbraunen Augen. Er sah aus wie ein Feldarbeiter, hatte schwielige Hände, sein Bart war vom Tabakrauch verfärbt.

»Haben Sie ein Portemonnaie gefunden, oder ein Handy?«

»Tut mir leid, Maigret. Seine Taschen waren leer. Nichts, was uns einen Anhaltspunkt auf seine Identität gibt. Nur das verdammte Jagdgewehr. Typisches Modell aus der Jägerszene. Mit Zielfernrohr. Hat auf Rio geschossen wie auf ein Reh. Wenn ich könnte, würde ich …«

»Nur die Ruhe«, sagte Lacroix, dann wandte er sich an den Mann. »Ich bin von der Polizei. Verstehen Sie mich?«

Stumm und mit großen Augen schaute der Mann zu ihm auf. Dann sagte er etwas in einer kehligen Sprache, und Lacroix verstand kein Wort. Aber er erkannte die Sprache, genau wie Adolphu neben ihm.

»Er ist Portugiese«, sagten sie beide gleichzeitig. Portugal und Frankreich hatten seit jeher eine enge Verbindung. Kaum ein Concierge in Paris, der nicht aus Portugal stammte. Auch unter Taxifahrern, Bauarbeitern und Gastronomen war die Nationalität reichlich vertreten. Und … unter Feldarbeitern. In diesem Fall hier sogar unter Verbrechern, dachte Lacroix. Dabei galten die Portugiesen allgemein als friedliches Völkchen.

»Gehen Sie zu Delacrue, bitte, und fragen ihn, ob einer seiner Erntehelfer Portugiese ist. Dann bringen Sie ihn her. *Merci.*«

Paganelli tat, wie ihm geheißen, und Lacroix blieb mit dem gefesselten Mann auf dem Stuhl zurück. Kopfschüttelnd musterte er ihn und murmelte: »Wer hat dich beauftragt?«

18

Es dauerte tatsächlich keine zwanzig Minuten, dann kehrte der Korse zurück, mit einer Frau im Schlepptau. Sie war Mitte, Ende fünfzig und so klein wie der Mann auf dem Stuhl. Vielleicht war er sogar noch eine Spur kleiner als sie. Ihr Baumwolloberteil war nass vor Schweiß und voller Erde. Offenbar gab es in den Trauben auch jetzt so kurz vor der Lese noch viel schwere Arbeit zu erledigen.

»Das ist Madame Silva, der Vorarbeiter hat uns bekannt gemacht. Sie kommt aus einem kleinen Dorf im Alentejo.« In Paganellis Stimme schwang der Stolz mit auf seinen schnellen Erfolg.

»Bonjour, Madame«, sagte Lacroix, »entschuldigen Sie, dass wir Sie kurzerhand entführt haben. Sprechen Sie Französisch?«

»Nicht so gut, ein bisschen«, sagte sie, doch an der Qualität ihrer Aussprache erkannte er, dass es wohl keine Probleme geben würde. Er erinnerte sich an viele Zusammentreffen mit Portugiesen. Allen war gemein gewesen, stets tiefzustapeln. Dabei hatte Lacroix diese Menschen aus dem Südwesten Europas immer als lebensklug, zutiefst empathisch und sehr fleißig kennengelernt. Auch die Concierge im Haus der Lacroix war bis heute eine Frau aus der Nähe von Guimaraes im Norden.

»Es wäre uns wirklich eine große Hilfe, wenn Sie für

uns übersetzen könnten. Denn wir denken, dass dieser Mann Portugiese ist.«

Sie wartete nicht ab, sondern stellte ihm eine Frage, schnell und hart. Der Mann erwiderte nichts, spuckte nur plötzlich auf den Boden aus. Madame Silva schien keineswegs eingeschüchtert, weder von den Polizisten, noch von dem mit Handschellen an den Stuhl gefesselten Mann.

»Können Sie ihn fragen, warum er geschossen hat?«

»Wir haben Schüsse gehört, von der Jagd, aber dann war da einer viel näher«, sagte sie, auf einmal doch erschrocken. »Auf wen wurde denn geschossen? Ich dachte, sie würden wieder jagen.«

»Nein, dieser Mann hat auf Monsieur Delacrue junior geschossen. Aber er hat ihn glücklicherweise verfehlt.«

»Er hat was?« Sofort blaffte sie den Mann an, eine lange Eloge aus Flüchen und Beschimpfungen, und wieder verstand Lacroix kein einziges Wort. Der Portugiese wand sich auf seinem Stuhl. An seiner plötzlichen Blässe und dem Schweiß auf seiner Stirn las der Commissaire ab, dass er es nicht gewohnt war, von einer Frau zusammengestaucht zu werden. Und doch sagte er, als sie fertig war, kein Wort, sondern blieb stumm und schüttelte nur angewidert den Kopf.

»Sagen Sie ihm, er hat meine Kollegin angeschossen. Eine Polizistin der Republik Frankreich. Dafür geht er ins Gefängnis. Warum hat er das getan?«

Lacroix hörte der Frau zu, während sie seine Frage übersetzte, in diesem kehligen, gutturalen Ton, der dem Portugiesischen eigen war. Er wusste bereits, dass der Mann nicht antworten würde. Er versuchte, Gleichmütigkeit auszustrahlen. Innerlich aber kochte er. Der Commissaire hasste es, ein Verhör aus den Händen geben zu müssen. Seine beste Fähigkeit – an schlechten Tagen glaubte er gar, seine einzige Fähigkeit – war es, in den Augen und den Worten der Menschen Dinge zu lesen und ihre Lügen zu erkennen. Wenn er das nicht konnte, dann nahm man ihm seine größte Waffe. Und jetzt war er zum Zuhören verdammt. Dabei war es so wichtig, dass er die Wahrheit erfuhr, die hinter all dem steckte. Er hatte das Gefühl, dass jede Minute zählte. Was, wenn der alte Mann in ebendieser Sekunde starb? Was, wenn die Verbrecher noch einen zweiten Attentäter in petto hatten? Wieder spürte Lacroix ein Ziehen in seinem Bauch.

Der Portugiese blieb reglos, wortlos.

Lacroix nahm seine Pfeife aus der Manteltasche und steckte sie an. Nach wenigen Augenblicken erfüllte der satte Tabakduft die Scheune. Der Commissaire tigerte auf und ab. Er spürte die Blicke in seinem Rücken, die Blicke der Frau, des Korsen und des Mannes. Dennoch wanderte er weiter, als wäre er allein.

Nach einer Weile sagte er laut und deutlich: »Hören Sie, ich weiß, dass Sie mich verstehen. Wie viel Geld hätten sie bekommen, wenn Ihnen der Mord an Monsieur Delacrue geglückt wäre?«

Als er sich zu dem Portugiesen umdrehte, konnte er noch kurz das Zucken auf seinem Gesicht sehen, wie ein verunglücktes Lächeln sah das aus. Er verstand ihn tatsächlich. Aber alles andere hätte ihn auch überrascht.

»Hat es Ihnen gut geschmeckt im Train Bleu? In solche Restaurants kommt man sicher nicht oft, wenn man aus Ihren Kreisen stammt, oder?«

Diesmal lächelte der Mann wirklich, und endlich sagte er mit starkem Akzent: »Gutes Essen, ja. Kleine Portionen.« Er rutschte unruhig auf seinem Stuhl hin und her. »Das tut weh. Kannst du abmachen?«

Lacroix nickte Paganelli zu, und der ging hin, schloss die Handschellen widerwillig auf und nahm sie gröber ab als nötig. Der Korse verehrte Rio, seine Partnerin, und das Wissen, dass dieser Mann sie angeschossen hatte, machte ihn rasend. Der Portugiese rieb sich die schmerzenden Handgelenke.

»Obrigado«, sagte er leise. »Wie Sie wissen das?«

»Wir haben unsere Ohren überall, Monsieur. Wie heißen Sie?«

Der Mann zuckte mit den Schultern.

»Hören Sie, ich weiß, dass Sie nur ausführen sollten, was Ihnen aufgetragen wurde. Das ist Ihnen aber nicht gelungen. Deshalb nehmen wir Sie nur wegen Körperverletzung fest – und das heißt, Sie kommen einigermaßen glimpflich davon. Dafür ist aber wichtig, dass Sie mir sagen, wer Ihr Auftraggeber ist. Verstehen Sie?«

Der Mann schüttelte den Kopf.

»Sie wollen es mir nicht sagen?«

»Dann ich tot«, sagte der Mann beiläufig.

»Sie gehen also lieber ins Gefängnis? Für sehr, sehr lange Zeit?«

»Besser als tot.«

Er kam nicht weiter. Sie hatten es mit keinem Mann zu tun, der sich in einer Verhörsituation Angst machen ließ. Oder von einer drohenden Gefängnisstrafe. Lacroix ahnte, dass der Portugiese sich viel besser mit der Justiz auskannte, als sie es sich bisher vorstellen konnten.

»Paganelli, bring ihn nach Paris. Ich will Fingerab-drücke, Fotos, das ganze Programm. Ich will alles über ihn erfahren.« Dann wandte er sich wieder dem Mann zu. »Monsieur, Sie sind festgenommen, wegen versuch-ten Mordes in Tateinheit mit schwerer Körperverletzung. Mein Kollege wird Sie über Ihre Rechte aufklären.«

19

Lacroix fand den jungen Delacrue im Flur des Herren-hauses und bemerkte augenblicklich, dass mit dem Champagnererben eine Veränderung vor sich gegangen war. Er war farblos im Gesicht, und seine Bewegungen wirkten fahrig, als wäre er ganz woanders.

»Alles in Ordnung, Monsieur Lacroix?«, fragte der Commissaire.

»Wenn Sie so fragen, dann wirke ich wohl, als stünde ich neben mir, oder? Aber ja, ich glaube, mir ist erst nach und nach bewusst geworden, was gerade passiert ist. Ich denke, ich muss Ihre Kollegin noch heute im Kranken-haus besuchen. Ich habe mich vorhin nicht genug be-dankt.«

»Sie hat getan, was sie in diesem Moment tun musste. Wie geht es Ihrem Vater?«

»Ich denke, er erwartet Sie.«

»Wie meinen Sie das?«

»Er hat gefragt, wo der Polizist ist. Er wirkt sehr un-ruhig. Ich glaube, es dauert nicht mehr lange. Ich werde gleich den Pfarrer anrufen.«

»Tun Sie das. Ich gehe in der Zwischenzeit zu ihm hinauf.«

»Danke, Commissaire.«

Lacroix erklomm die Treppenstufen, ging den dunklen Flur entlang und klopfte vorsichtig an die Tür. Diesmal ertönte von drinnen ein leises »Ja«. Er öffnete und trat ein.

»Schließen Sie das Fenster, bitte. Mir ist kalt.«

Lacroix trat ans Fenster und machte es zu, da hörte er Delacrue sagen: »Noch muss meine Seele nicht hinaus.«

Der Commissaire setzte sich auf den Stuhl, auf dem er vor nicht einmal anderthalb Stunden schon einmal gesessen hatte, ein paar Minuten, bevor der Schuss gefallen war.

»Wer ist für diesen Anschlag verantwortlich?«, fragte der alte Delacrue. »Wer will Xavier töten?«

»Der Täter war ein Portugiese, ein Mann, der angeheuert wurde, um ihren Sohn zu ermorden. Wir haben das nun zweimal verhindert. Ich weiß nicht, ob es uns auch ein drittes Mal gelingen wird.«

»Aber Sie haben ihn doch geschnappt.« Die Stimme des Alten war leise, fragend, zögerlich.

»Ihn schon, aber nicht den Drahtzieher. Nicht denjenigen, der Ihren Sohn tot sehen will.«

»Meinen Sie nicht, er wird aufhören, jetzt, wo sein Handlanger festgenommen wurde?«

»Wieso sollte er? Er hat sein Ziel ja noch nicht erreicht.«

Der alte Mann schwieg und starrte ins Leere.

»Monsieur Delacrue, ich bitte Sie, sagen Sie mir, was ich wissen muss. Sie haben eine Ahnung, was hier vor sich geht. Und ich würde Ihren Sohn gern ein für alle Mal in Sicherheit wissen«, sagte Lacroix. Er wunderte sich selbst, wie wütend er innerlich war. »Herrgott, Sie haben den Schuss doch gehört. Beim nächsten Mal trifft er. Warum sollte derjenige denn nun einfach aufhören, wenn er mit seinen Taten ungestraft davonkommt?«

In der darauffolgenden Stille ließ der Commissaire das

Gesicht des Alten nicht aus den Augen. Zwei oder drei Tränen bahnten sich ihren Weg seine Wangen hinab, aber Delacrue bewegte sich nicht, um sie zu verbergen.

»Ich kann nicht, Commissaire. Ich kann es nicht. Es würde …«

»Es würde was, Monsieur? Wen würden Sie verraten?«

»Mich.«

Der Greis schloss die Augen, und Lacroix wusste, dass jede weitere Frage umsonst sein würde. Zumindest aus seinem Mund.

20

Die Sonne hing tief über dem Horizont, in wenigen Minuten würde sie verschwunden sein. Ihr Licht verlieh den Blättern des Weins einen roten Schimmer, und Lacroix blieb einen Moment in den noch warmen Strahlen stehen und genoss das Geräusch des im Wind raschelnden Laubs.

Was für eine Landschaft. Was für ein Ausblick. Die Weinfelder zogen sich von hier oben auf dem Plateau endlos hinunter bis ins Tal. Der Commissaire bückte sich und knipste mit zwei Fingern eine grüne Traube ab. Nein, sie war vielmehr goldgelb, trug schon jetzt die Farbe, die der Champagner später in der Flasche haben würde. Sie schien gänzlich reif und kurz vorm Platzen. Kaum hatte er sie in den Mund gesteckt und sanft mit der Zunge an den Gaumen gedrückt, gab sie schon ihren süßen Saft frei, der in wenigen Monaten zu einem Getränk werden würde, das auf der ganzen Welt für Luxus und Genuss stand.

Monsieur Delacrue würde den neuen Jahrgang nicht mehr verkosten können, so viel stand fest. Doch was war mit dem jungen Delacrue? Fast wäre er ermordet worden, zweimal sogar, von einem Mann, den er nicht kannte – und der ihn augenscheinlich auch nicht kannte. Als Lacroix hinter sich Schritte hörte, drehte er sich um und sah den jungen Mann auf sich zukommen. Seine hochgewachsene Gestalt warf in der Abendsonne einen langen Schatten.

»Monsieur Delacrue, sagen Sie, haben Sie den Pfarrer schon angerufen?«

»Nein, ich brauchte erst noch ein paar Minuten zum Durchatmen. Jetzt gerade wollte ich zum Telefon greifen.«

»Hören Sie, ich habe eine andere Idee. Könnte ich Ihr Handy haben? Ich würde gerne einen Priester anrufen, den ich gut kenne. Meinen Bruder. Er würde Ihrem Vater die Beichte abnehmen – und vielleicht …« Er ließ den Satz in der Luft hängen. »Dürfte ich Ihr Handy benutzen? Dann muss ich nicht ins Haus.«

»Natürlich.« Der junge Mann reichte es ihm.

»Zeigen Sie mir, wie es funktioniert? Ich muss eine Pariser Nummer anrufen.«

Delacrue entsperrte das Telefon, viel zu schnell für den Commissaire, um nachzuvollziehen, was er da tippte und wischte, aber dann tauchte das vertraute Feld auf, wo man die Nummer eingeben konnte. Lacroix drückte langsam und konzentriert auf die einzelnen Zahlen und dann auf den grünen Hörer. Das zumindest kannte er schon. Am anderen Ende klingelte es. Er sah auf die Uhr. Kurz vor sieben. Normalerweise war jetzt viel Betrieb, aber wenn er Glück hatte …

»Chai de l'Abbaye?«

»Yvonne, ich bin es.«

»Maigret. Unglaublich. Hast du dir ein Handy gekauft? Ich muss gleich in die Kirche, ein Wunder ist geschehen.« Sie lachte über ihren eigenen Scherz.

»Bitte halt mich nicht zum Narren, ich habe nicht viel Zeit. Ist Pierre-Richard da?«

»Trinkt mir gegenüber ein Glas kalten Chinon und sieht unglücklich aus, weil du nicht da bist.«

»Kannst du ihn mir geben?«

»*Bien sûr, mon commissaire.*«

»Ja, *mon frère*, hier bin ich.«

»Pierre, kannst du bitte zu mir kommen? Jetzt gleich, wenn es geht? Ich weiß, du hast Abendmesse, aber vielleicht kann die ja dein Diakon übernehmen. Heute ist Montag, da kommen eh nicht viele Leute. Ich bitte dich.«

»Wo bist du denn?«

»In der Champagne. In der Maison Delacrue in Ay. Ich brauche dich hier, es ist wirklich wichtig. Ich erkläre dir gleich alles.«

»In Ay? Aber wie soll ich …«

»Yvonne hat doch den alten R5, mit dem sie ab und zu nach Rungis fährt. Lass dir die Schlüssel geben, und dann komm schnell her. Uns bleibt nicht mehr viel Zeit, **fürchte ich.**«

»*Mon frère*, ist alles in Ordnung?« Sein Bruder klang besorgt.

»Bei mir schon, mach dir keine Sorgen.«

»Ich fahre gleich los. Yvonne …«

Und schon hatte er aufgelegt.

»Wir haben nun etwas Zeit, in knapp zwei Stunden wird mein Bruder eintreffen. Kommen Sie«, sagte Lacroix zu dem jungen Delacrue, der sich höflich einige Meter entfernt hatte. »Gehen wir ein Stück.«

Sie suchten sich zwei parallele Rebzeilen aus, sodass sie, mit je einer Pflanze Abstand, nebeneinanderher über den trockenen Sandboden spazieren konnten, die Sonne im Rücken.

»Sie brauchen meine Freundin übrigens nicht anzurufen. Sie ist auf dem Weg hierher. Sie will mir beistehen, falls mein Vater …«

»Ich verstehe. Das wird sicher guttun, wenn jemand für Sie da ist, Monsieur Delacrue. Aber bitte: Erzählen Sie mir mehr über Ihre Familie. Das wird mir helfen zu verstehen, wie es zu all dem kommen konnte.«

»Denken Sie wirklich, dass die Sache etwas mit meiner Familie zu tun hat?«

»Ich glaube schon, Monsieur. Auch wenn ich Ihnen etwas anderes wünschen würde. Aber ein großer Zufallstäter, der den Mord an Ihnen in einem Pariser Restaurant bespricht … glauben Sie das?«

Ein paar Schritte lang schwiegen sie, der junge Mann wirkte nachdenklich. Dann fragte er: »Was wollen Sie wissen?«

»Sie haben mir vorhin von diesem lokalen Heiratsmarkt erzählt. Und dass die Winzer die Kontrolle in der Region behalten wollen. Ihre Mutter kam also von hier, nehme ich an?«

»Ich habe schon mit dem Gedanken gespielt, eine Familienchronik zu schreiben. Die Geschichten sind durchaus dramatisch genug. Dass ich aber noch eine Krimihandlung hinzufügen könnte, die sich um meine eigene Person dreht, war allerdings nicht vorgesehen.«

»Nun, solange es ein Happy End gibt, wie man so neumodisch sagt …«

»Mein Großvater ist sehr früh gestorben, deshalb musste mein Vater Maison Delacrue schon als sehr junger Mann übernehmen. Er war Anfang zwanzig. Damals war unser Champagner auch schon wichtig, aber sein Legendenstatus hat sich erst in der Hand meines Vaters ausgebildet. Er hat all seine Kraft in die Entwicklung des Hauses gesteckt, hat die besten Önologen ins Boot geholt ... das hat alles wahnsinnig viel Geld gekostet. Alles andere lief so nebenher, auch sein Privatleben. Er hat schlicht seine erste Freundin geheiratet, ein Mädchen, das er noch aus der Schule kannte.«

»Ihre Mutter?«

Delacrue blieb stehen, pflückte nun seinerseits eine Traube und aß sie. »Wahnsinn, oder? Die Kraft, die in einer Traube steckt?«

Dann schüttelte er den Kopf, als wäre ihm die Frage erst wieder eingefallen. »Nein, nicht meine Mutter. Die erste Frau meines Vaters. Sie war genauso alt wie er. Ein Mädchen aus einer angesehenen Winzerfamilie in Dizy. Sie waren das ideale Paar. Keiner hatte mehr als der andere. Das zählt hier.«

»Ihr Vater war schon einmal verheiratet?«

»Sie scheinen erstaunt.«

»Ich kenne ihn natürlich nicht. Aber alles, seine Worte, das Kreuz über seinem Bett ... er wirkt wie jemand, der sehr fest in seinen Prinzipien ist.«

»Er stammt nicht aus der Generation, in der man jemanden verlässt, wenn man unglücklich ist. Oder wenn man seine Frau betrügt. Oder wenn man sich in jemand anders verliebt. Nein, ganz und gar nicht. ›Liebe‹, das ist kein Wort, das mein Vater jemals in den Mund genommen hat, glaube ich.«

»Was war es dann? Ist seine erste Frau gestorben?«

»Nein. Sie waren lange zusammen. Sicher zwölf Jahre oder noch länger. Aber ich habe Ihnen ja erklärt, was hier in der Champagne wichtig ist. Sie bauen das Haus ihrer Eltern auf, mehren den Stolz und den Ruf und den Umsatz und dann, eines Tages, vererben Sie alles an ihre Kinder.«

Lacroix begann zu verstehen.

»Und das hat nicht geklappt, das mit den Kindern?«

»Die beiden haben es jahrelang versucht. Immer wieder und wieder. Aber es hat nicht funktioniert. Egal, was sie ausprobiert haben. Natürlich waren die medizinischen Möglichkeiten damals noch nicht so weit wie heute. Er hat nie darüber gesprochen. Aber die Menschen im Ort haben darüber getratscht. Auch der Arzt. Es gab Gerüchte, die durch so eine kleine Gemeinde wabern. Mit der Schweigepflicht ist es hier nicht so weit her. Irgendwann fing die Ehe an zu kriseln. Nicht öffentlich oder so. Aber es gab Gerede. Und dann hat er meine Mutter kennengelernt. Auf einem Ball in Reims. Sie war die Tochter eines lokalen Politikers. Sie hatte mit Champagner nichts am Hut, aber sie war immerhin nicht arm und ihre Familie nicht unbedeutend. Es ging. Sie haben sich verliebt – nun, oder sie hat sich in meinen Vater verliebt, und er war von ihrer Schönheit und Jugend angetan. Als er sich von seiner ersten Frau scheiden ließ, hat sehr viel Geld den Besitzer gewechselt, so wurde ein Skandal verhindert. Die erste Frau meines Vaters hat das Haus ihrer Eltern übernommen, ist kinderlos geblieben und produziert seitdem als eine der ersten Winzerinnen in Dizy ihren Champagner. Sie lebt bis heute. Meine Mutter dagegen …«

»Das ist in der Tat eine außergewöhnliche Geschichte. Was für Gerüchte gab es denn über die Situation, was wurde geredet?«

»Ach, es hieß, dass sich mein Vater umgetan habe, nachdem klar war, dass es mit dem Nachwuchs nichts wurde. Aber das glaube ich nicht. Sie können sich sicher vorstellen, wie groß das Gerede auf so einem Dorf ist. Nein, er war in Reims bei diesem Ball, und da stand meine Mutter auf der Tanzfläche, und schon war alles klar.«

»Werden Sie um Ihren Vater trauern?«

Nun standen sie am Rand des Plateaus. Hinter einem niedrigen Weidezaun fiel das Gelände, das offenbar schon zu einem anderen Champagnerhaus gehörte, steil ab. Unten im Tal lag ein anderes Dorf. Eine Weile lang betrachteten sie die Dächer und Fassaden der Häuser hinter den Rebstockreihen.

»Warum fragen Sie mich das?«

»Ich weiß nicht. Mir scheint, als wären sie sehr gefasst. Sie wirken so souverän, so klug, und ich habe mich gefragt, wo Sie die Gefühle verbergen, die so menschlich sind.«

»Sie meinen, die Wut? Oder die Angst?«

»Zum Beispiel. Die Angst, die Sie vorhin im Haus gezeigt haben.«

»Ich hatte eine sehr liebevolle Kindheit. Meine Mutter war ein fröhlicher Mensch, wissen Sie? Sie vermochte der Art meines Vaters immer etwas entgegenzusetzen. Er war nicht unhöflich, er war auch nicht brutal, überhaupt nicht. Er ist nur zutiefst rational und gleichzeitig sehr gläubig … Das passt nicht zusammen? In seiner Generation eben doch, meine ich. Und meine Mutter hat mir beigebracht, dass ich mich erfreuen soll an all diesen Dingen, am Genuss, an der Schönheit, aber auch an materiellen Dingen. Das tue ich. Der Rest sind die hohen Schulen, die Universität und meine sehr kluge Freundin. Vielleicht hat mich das alles zusammen so – wie nennen Sie es? – so souverän gemacht. Ich weiß auch nicht.«

»Ihr Vater ist sehr stolz auf Sie.«

»Sie denken, er weiß, warum mich jemand ermorden will, oder?«

Lacroix schwieg und ließ den Blick in der Weite ruhen. Aus der Stimme des jungen Mannes hörte er heraus, dass eine Antwort nicht nötig war.

Letzte Wahrheit

21

E s dauerte länger, als er erwartete hatte. Wahrscheinlich hatte er Yvonnes altem Renault einfach zu viel
zugetraut, dachte der Commissaire nach einer Weile. Er
hatte den Sonnenuntergang in den Weinbergen betrachtet
und wollte dann nicht länger herumschleichen. Wenigstens hatten sich einige Uniformierte im Garten des Her-
renhauses verteilt, um einen neuen Angriff zu verhindern.

Lacroix trat an den Tisch vor dem Herrenhaus, und
sofort deutete der junge Delacrue auf einen der freien
Stühle. »Bitte, Commissaire, setzen Sie sich doch zu uns.«

Seine Freundin erhob sich und reichte Lacroix die
Hand. »Aurelie Lapalle, sehr erfreut, Commissaire«,
sagte sie und strich ihr geblümtes Kleid glatt. Sie hatte
langes blondes Haar und sah so entspannt aus, als sei sie
für die Sommerfrische angereist.

Die Souveränität in Person, diese beiden passten wirklich wie die Faust aufs Auge, dachte er verblüfft.

»Wir wollten uns noch einmal stärken, bevor die Nacht
anbricht«, sagte Delacrue. »Bitte, essen Sie doch mit uns.«

Auf dem Tisch stand eine Schüssel mit Salat mit Enten-
brust und Speck, wie man ihn im Périgord oder der Au-
vergne servierte. Dazu gab es eine Platte mit verschiedenen Käsesorten und frisches Baguette. Gerade in diesem
Moment stellte eine Frau in weißer Schürze noch eine
große Suppenschüssel auf den Tisch. »Eine Velouté aus

Wildkräutern, die mein Vater sehr liebt«, erklärte der Sohn und füllte die drei Teller, zuerst für Aurelie, dann für Lacroix und zum Schluss für sich selbst.

Bevor sie ihre ersten Bissen nahmen, wurde aber noch die unvermeidliche Flasche Champagner geöffnet, natürlich aus dem eigenen Hause. Die Gläser klirrten leise, als sie anstießen. Hier, im Abendlicht, bot sich ein Moment des Durchatmens nach dem neuerlichen Mordanschlag auf den jungen Mann. Und doch huschten Lacroix' Blicke immer wieder hoch zum Fenster. Er fürchtete, dass ihnen die Zeit davonlief, während sie hier saßen und scheinbar das Leben genossen.

Der kräftige Salat passte jedenfalls hervorragend zu dem herben Schaumwein. Und auch die Suppe war sehr fein, beinahe schien es Lacroix, als könnte er die Kräuter, die in dieser leichten Velouté verarbeitet waren, alle einzeln schmecken.

So saßen sie in dem hübschen Vorgarten, bis von der Straße her das Rasseln des alten Motors zu hören war. Es war der R5, daran bestand kein Zweifel. Also hatte Pierre-Richard das Anwesen gefunden. Aus dem Motorenbrummen tausender Wagen hätte Lacroix Yvonnes altes Auto erkannt. Früher war sie damit täglich nach Rungis gefahren, um frischen Fisch und bestes Fleisch für die Küche des Chai zu kaufen. Mittlerweile fuhr sie die Strecke nur noch einmal in der Woche, weil die Markthändler von Rungis einen Lieferservice für die Hauptstadt etabliert hatten. Aber vor Ort in den riesigen Markthallen bekam sie doch immer noch einen kräftigen Rabatt. Die restliche Woche stand der alte Renault mit der Revolverschaltung in der Rue de Seine und diente mit dem großen Schriftzug zumindest als Werbeträger für das Restaurant.

Sekunden später bollerte der kleine Wagen den Weg in Richtung Haus entlang, sodass der Kies spritzte, und kam wenige Meter vor ihrem Tisch zum Stehen. Pierre-Richard stieg aus. Er trug seine Soutane mit Kragen. So war er den ganzen Weg hierhergefahren. Er wirkte geschafft, als hätte er den Fuß kein einziges Mal vom Gaspedal genommen und – Lacroix konnte sich den Gedanken nicht verbieten – als wäre der Leibhaftige hinter ihm her.

»Diese ganzen Lastwagen auf der *autoroute*!« Er stöhnte. »Tut mir leid, *mon frère*. Aber nun bin ich da.«

Sie umarmten sich, tauschten ihre *bises* aus, und Lacroix flüsterte: »Und ich bin dir sehr dankbar, *merci*.« Dann lösten sie sich voneinander, und der Commissaire machte seinen Bruder mit dem jungen Paar am Tisch bekannt: »Darf ich vorstellen: mein Bruder Pierre-Richard, der Priester der Kirche Sainte-Clotilde. Und das sind Mademoiselle Lapalle und Monsieur Delacrue.«

Der Neuankömmling zeigte an sich herab.

»Entschuldigen Sie bitte meinen Aufzug. Ich war auf dem Weg zur Abendmesse, als mein Bruder mich anrief, so bin ich gleich losgerast.«

»Das wird helfen«, sagte Lacroix und wusste, dass er in Rätseln sprach. »Es geht um Monsieur Delacrues Vater. Er liegt dort oben in seinem Zimmer im Sterben.«

»Oh«, sagte Pierre-Richard zögernd, »und es gibt keinen Priester im Ort? Die Champagne ist doch recht katholisch.«

Der junge Delacrue zuckte mit den Schultern. »Doch, natürlich. Ich wollte ihn rufen, aber Ihr Bruder …«

»Gehen wir eine Runde ums Haus«, sagte Lacroix und nahm seinen Bruder an seine Seite. »Entschuldigen Sie uns einen Moment?«

»Natürlich«, sagte Delacrue.

»Jemand hat heute versucht, ihn umzubringen.«

»Den Vater?«

»Nein, den Sohn.«

»Oh … diesen freundlichen jungen Mann? Wieso denn nur?« Pierre-Richard kratzte sich am Kopf. »*Mon frère*, ich habe mich ja an deine Räuberpistolen gewöhnt, aber dass ich nun selbst so dicht dran bin …«

»Der Vater kennt die Hintergründe der Anschläge, da bin ich mir ganz sicher. Aber er will nichts sagen. Keine Chance. Ein prinzipientreuer Mann. Allerdings ist er sehr gläubig, und ich dachte, dass er in den letzten Stunden vor seinem Tod vielleicht beichten möchte.«

»Ich soll ihm die Beichte abnehmen und die letzte Ölung spenden? Natürlich, das mache ich gern. Du weißt, ich bin immer für die Sterbenden da. Allerdings …«, er brach ab.

»Allerdings kannst du mir nichts von dem erzählen, was er dir anvertraut«, vollendete der Commissaire den Satz.

»Natürlich nicht. Das weißt du, *mon frère*. Das ist ganz und gar unmöglich.«

»Pierre-Richard«, sagte Lacroix mit fester Stimme – und er nannte seinen Bruder so gut wie nie beim Vornamen, eigentlich nur, wenn sie ernste Meinungsverschiedenheiten hatten, was wiederum so selten vorkam wie ein Schaltjahr –, »du weißt, dass mir der Kodex deiner Profession vertraut ist und dass ich ihn immer respektiert habe. Aber es geht hier um zwei knapp verhinderte Mordversuche. Einmal mit einer Spritze und einmal mit einem Jagdgewehr. Ich musste bei beiden Attacken zusehen. Ich will den Mann in Sicherheit wissen. Und da das Leben des alten Monsieur Delacrue in den nächsten Stunden oder Tagen enden wird, hatte ich gehofft, wir könnten zusammenarbeiten, um einen Mörder und seinen Auftraggeber dingfest zu machen – auch wenn das heißt, dass du dich vielleicht nicht an jede deiner Regeln halten kannst.«

Er blieb stehen und schüttelte den Kopf. Schon während seiner wütend vorgetragenen Worte spürte er selbst, dass sein Bruder seinen Wunsch unmöglich erfüllen konnte, und auch für ihn selbst kam dieser Plan eigentlich nicht infrage. Pierre-Richard war kein verbohrter Hüter des Kirchengesetzes, in keinster Weise, aber er war ein Bewahrer der alten Riten und Gebräuche, und niemals wäre es ihm in den Sinn gekommen, die alte Regel des Beichtgeheimnisses zu brechen – oder seine Schweigepflicht als Pfarrer. Genau wie Lacroix bei seiner Arbeit schon so manches Mal gegen Gesetze verstoßen, nie aber den Ehrenkodex der Polizisten gebrochen hatte.

»Okay, bitte, entschuldige«, stieß der Commissaire hervor und berührte Pierre-Richard dann leicht an der Schulter. »Komm, ich bring dich rauf.«

Sie wandten sich um und gingen zurück zu den beiden jungen Leuten, die vertraut beisammensaßen »Ich werde meinen Bruder nun zu Ihrem Vater begleiten. Er wird Sie dann holen, wenn er bereit ist, einverstanden?«

»Ich danke Ihnen. Ihnen beiden, Messieurs Lacroix.«

Der Commissaire nickte, und die Brüder betraten das stille Haus.

»Ich kenne diese Champagnermarke schon lange«, sagte Pierre-Richard, »zu meinem zwanzigjährigen Priesterjubiläum wurde sie ausgeschenkt, weißt du noch? Kaum zu glauben, dass wir nun hier sind, in so einem traurigen Moment.«

Lacroix ging voraus, die knarzenden Treppen hinauf und dann bis ans Ende des Flurs. Die Tür war nicht ganz geschlossen, sondern nur angelehnt, dennoch klopfte der Commissaire.

»Ja …«

Lacroix öffnete die Tür und trat ein, sein Bruder dicht hinter ihm. Der alte Mann lag wieder ganz flach im Bett, die Decke bis über die Brust gezogen. Sein Atem war kaum hörbar, er schien zu schlafen, dabei hatte der Commissaire gerade ganz deutlich seine Stimme vernommen.

»Monsieur Delacrue«, flüsterte er.

»Hm …« Der Kranke schlug die Augen auf.

»Das ist mein Bruder, Pierre-Richard Lacroix. Er ist Priester.«

Delacrue nickte und senkte den Blick. »Willkommen in meinem Haus«, sagte er mit der heiseren Stimme, die Lacroix inzwischen schon kannte.

»Wenn Sie möchten«, fügte der Commissaire hinzu, »können Sie nun mit ihm sprechen.«

»Bitte, setzen Sie sich«, krächzte Delacrue, und Pierre-Richard nahm auf dem Stuhl neben seinem Bett Platz.

Lacroix wandte sich um und wollte den Raum verlassen, da räusperte sich der alte Delacrue in seinem Rücken deutlich hörbar, einmal und noch einmal, und im selben Augenblick sah der Commissaire den zweiten Stuhl, der so weit wie möglich vom Bett entfernt an der Wand stand.

Er hätte schwören können, dass er vorhin noch nicht dagewesen war, dass im Raum nur ein einzelner Stuhl gestanden hatte. Überrascht drehte er sich um und schaute den alten Delacrue an. Der sah ihm direkt ins Gesicht und blinzelte einmal kurz. Es war nur ein winziges Zeichen, ein Nicken mit den Augen, aber Lacroix verstand. Er setzte sich auf den Stuhl, zog ihn an die Wand, so weit es ging, machte sich so klein, wie er konnte, versuchte, sich möglichst unsichtbar zu machen.

»Bitte, nennen Sie mich Gilles«, sagte der alte Delacrue, und Pierre-Richard rückte mit seinem Stuhl noch näher an ihn heran, so nah, dass der Mann im Bett seine Hand ergreifen und festhalten konnte.

»Wollen wir beten?«, fragte der Priester.

Delacrue schüttelte den Kopf. »Dafür bin ich noch nicht bereit. Erst möchte ich mich erleichtern. Ich bitte Sie.«

»Natürlich, Gilles.«

»*Bien*«, sagte der alte Mann, als hätte er seine Entscheidung schon vor langer Zeit getroffen. Dann fing er mit seiner Erzählung an, und seine Reibeisenstimme war so präsent im Raum, dass nichts mehr anderes zu existieren schien, er war im Zentrum, er, der auf einmal so wach klang. Und doch war es ein Abschied.

Lacroix vernahm die ersten Worte, schloss die Augen und hörte einfach nur zu.

22

Mein Vater war ein starker Mann. Ein Mann ohne Fehler, so habe ich ihn lange gesehen. Heute weiß ich, dass er vor allen Dingen ein harter Mann war. Ein Mann, der viel über Champagner wusste und nicht so viel übers Leben. Das klingt bitter, aber ich kann das sagen, weil ich selbst lange so gelebt habe.

Ich habe alles von ihm gelernt, über den Anbau der Trauben und die Lese, darüber, wie man die Flaschen richtig dreht und dann mit sehr viel Gewinn verkauft. Er wusste alles über dieses Geschäft. Womit er sich nicht so gut auskannte, war die Liebe und alles, was uns Menschen zu Menschen macht. Bis mir das aufgefallen war, war ich schon erwachsen. Aber gottlob war es noch nicht zu spät.

Es war kein leichtes Leben damals, hier in der Champagne. Aber wir hatten unser Auskommen, und es war ein sehr geschützter Raum. Damals ist man als Winzer nicht jedes Jahr einmal um die Welt gereist, um seine Marke in China, Russland und Florida bekannter zu machen. Nein, es kamen Vertreter, die haben einfach die Hälfte der Produktion aufgekauft, und den Rest hat man den Restaurants der Umgebung angeboten. Mit der Kutsche und später mit dem Lieferwagen nach Reims, weiter ging die Reise nicht. Wenn ich sehe, wo mein Sohn heute überall hinfliegen muss … Ich würde nicht noch einmal Winzer sein wollen, niemals.

Als mein Vater früh starb, stellte sich mir die Frage, ob ich mit meinem Leben etwas anderes vorhaben könnte, überhaupt nicht. Wieso auch? Champagner war mein Leben, und dieses Haus zu erben war schon immer für mich vorgesehen gewesen. Dass es früher passierte als geplant – sei's drum.

Nicht nur das Haus war für mich vorgesehen, sondern auch das Drumherum. Meine erste Freundin wurde mir während der Weinlese vorgestellt, im Herbst des Jahres, in dem wir beide sechzehn wurden. Sie kam aus der Maison Delattre in Dizy. Die Tochter der Winzer. Sie war keine Schönheit, aber sie war ein liebes Mädchen, das die Arbeit im Weinberg genauso gern mochte wie ich und das sich vor allen Dingen um mich kümmern würde. Das war mir damals schon klar. Als mein Vater starb, habe ich alle geschäftlichen Angelegenheiten sofort übernommen. Ein Jahr später haben wir geheiratet. Von da an hat sie sich aus der Arbeit im Haus ihrer Eltern zurückgezogen und sich zuvorderst um mich und unser Haus gekümmert. Ich habe von morgens bis abends für den Erfolg von Champagner Delacrue geschuftet. Das waren Pionierjahre. Es wäre ohnehin eine Kärrnerarbeit gewesen, wie jede Tätigkeit, bei der die Natur dein Arbeitgeber ist. Aber ich wollte mehr: Ich wollte die Fußstapfen, in die ich so früh treten musste, weil das Schicksal es so gewollt hatte, ausfüllen – mehr noch, ich wollte mich als würdig erweisen, die Fußstapfen gewissermaßen übertreten. Deshalb habe ich meine Frau nicht so geschätzt, wie ich es hätte tun sollen. Ich war die Kopie meines Vaters, das ist mir heute klar. Eine jüngere, unruhigere Kopie, was es sicher noch schlimmer machte.

Irgendwann hatte ich die Geschäfte umgekrempelt, und es lief viel besser als bei meinem Vater. Viel besser, als ich es mir jemals hätte träumen lassen. Ich lieferte mittlerweile selbst bis nach Paris, weil viele Gastronomen dort auf meinen Champagner setzten. Ich mochte diese Reisen in die Stadt, ich mochte das Eingeladen-Werden an ihre Tische, mit dem Produkt, das meine Arbeiter hergestellt hatten, anzustoßen. Ich habe es genossen, ein Mann von Welt zu sein. Gleichzeitig wollte ich aber auch eine Familie gründen. Nicht, dass das eine Herzensentscheidung gewesen wäre. Es gehörte einfach dazu. Keine *maison*, in der nicht an den Nachwuchs gedacht wurde. Schließlich tat man all die Arbeit auch, um das Haus irgendwann zu vererben, um seinen Ruhm und Wohlstand von Generation zu Generation weiterzugeben – und zu mehren. Doch während das allen anderen Winzern, die ich in Ay kannte, anscheinend mühelos gelang und sie nach ein oder zwei Jahren das erste Kind bekamen und dann gleich noch eins, wollte es bei uns nichts werden mit den Erben.

Mich beunruhigte das nicht. Eigentlich war ich ganz froh darum, weil ich so eine Entschuldigung hatte, noch mehr und noch länger zu arbeiten. Aber ich spürte, wie meine Frau sich veränderte. Wie sie ungeduldiger wurde, unzufriedener. Und irgendwann dann war nur noch die pure Angst in ihr. Die Angst, es nicht hinzukriegen. Zu versagen – in der einen Aufgabe, die das Leben ihr stellte.

Ich habe sie viele Jahre lang bestärkt, in dem Glauben, dass wir es doch noch schaffen würden. Aber irgendwann, als ich immer älter wurde, hat auch mich die Angst gepackt.

Und dann kam dieser Abend. Wir waren seit elf oder zwölf Jahren zusammen. Ich kam völlig erschöpft und dreckig heim von der Lese.

Sie wartete im Haus, und dann sagte sie: ›Komm, lass es uns wieder versuchen. Es müsste diesmal so weit sein, es ist die richtige Zeit.‹

Und ich erinnere mich an jedes einzelne Wort, das ich ihr entgegenbrüllte, weil die Scham darüber noch größer ist als die Scham über alles, was ich später noch tun würde: ›Ich habe das alles hier aufgebaut, und ich schufte den ganzen Tag und will nur noch schlafen. Und dann soll ich dir wie ein Zuchtbulle zur Verfügung stehen? Nur dass es am Ende wieder nicht klappt? Es klappt nicht, weil bei dir etwas nicht stimmt. Bei mir stimmt alles, und ich weiß, dass bei dir etwas kaputt ist. Aber ich schwöre dir, ich werde mir einen anderen Weg suchen. Ich baue das Haus ja nicht auf, nur um dann keinen Erben zu haben.‹

Ich habe sie nie angerührt, das schwöre ich. Aber ich habe ihr mit diesen Worten mehr wehgetan, als es mit Fäusten möglich gewesen wäre. Sie hat nicht geweint. Sie hat mich einfach nur angeschaut, voller Verwunderung. Und zum ersten Mal in unserer gemeinsamen Zeit so, als wäre dieses Gespräch das Letzte, was sie mit ganzem Herzen für mich getan hätte. Sie ist gegangen und die ganze Nacht nicht wiedergekommen. Am nächsten Tag hat sie mein Frühstück zubereitet, als wäre nichts gewesen. Sie hat mich nie wieder gefragt, mit ihr zu schlafen. Die wenigen Male, wenn ich dann wollte, hat sie sich hingelegt und mich machen lassen. Über eine mögliche Schwangerschaft hat sie nie wieder gesprochen.

Das Thema existierte nicht mehr zwischen uns. Und die Scham über meine Tirade war so groß, dass auch ich nie wieder ein Wort darüber verloren habe.

Von da an habe ich es darauf angelegt, so viel wie möglich nach Paris zu liefern. Irgendwann bin ich sogar bis Strasbourg gereist. Und eines Tages habe ich auf einer dieser Reisen große Lust bekommen. Mein Vater hatte mir beigebracht, dass all diese Wünsche – die Liebe, das Körperliche – der größeren Sache untergeordnet werden müssen: dem Champagner. Wir sind, wie alle hier, sehr religiös. Aber irgendwann entdeckte ich diese Lust in mir. Und habe mich gefragt, ob ich sie nicht zulassen, sie ausleben sollte.

Es war in Paris, dort, wo alle Träume beginnen. Ich weiß, für viele Menschen enden sie auch da. Ich war oben in Pigalle. Heute soll das ein schrecklicher Ort sein, ich habe davon gehört. Früher aber war es die Sehnsucht, die einen dorthin führte. Das Viertel war verrucht, aber eben auch verlockend.

Ich habe sie in einer Bar kennengelernt, sie hieß Joëlle. Eine wunderschöne Frau, und sie gab mir nie das Gefühl, nur auf mein Geld aus zu sein. Sie kam ursprünglich aus der Champagne und hegte eine große Liebe für die Region. Als sie hörte, dass ich ein eigenes Champagnerhaus besaß, war sie hin und weg. Ihre Eltern waren einfache Leute, die oft als Erntehelfer bei der Lese und auf dem Feld gearbeitet hatten. Ihr Vater war früh gestorben, das verband uns auch. Deshalb ging sie nach Paris, um ihren Lebensunterhalt zu verdienen, und geriet in eine Abwärtsspirale der Prostitution. Aber sie war nie auf der Straße, sie hatte sich eine gute Stammklientel aufgebaut, in einem Laden auf dem Boulevard Rochechouart, unweit vom Moulin Rouge. Dort habe ich sie dann auch getroffen. Fortan habe ich meine Reisen nach Strasbourg wieder eingestellt. Ich bin nur noch in Paris gewesen. Ich glaube, ich habe nie wieder so viele Restaurants in der Hauptstadt beliefert wie damals. Meine Frau hat nie nachgefragt, selbst, als ich irgendwann eine Woche am Stück verschwand. Es war, als existierte ich für sie ohnehin nicht mehr.

Anfangs habe ich Joëlle nur in ihrer Bar getroffen und in den Zimmern oben im Haus. Aber nach einigen Wochen trafen wir uns privat, nach ihrem Feierabend. Sie wohnte oben in Pigalle, unterhalb von Abbesses in einem kleinen Dienstbotenzimmer unterm Dach. Wir verbrachten Tage in ihrer Wohnung, sind spazieren gegangen, haben endlos geredet. Auf einmal entdeckte ich das andere Leben, über das mir mein Vater nichts hatte beibringen können, weil er es nie kennengelernt hatte. Ich war verliebt in Joëlle, verliebt bis über beide Ohren. Sie hat mir eine neue Welt eröffnet, ach was, so viele neue Welten. Die große verruchte Welt da oben in Montmartre, die kleinen Bistros und Weinbars, in der sich Menschen trafen, die es in der Champagne nicht gab. Intellektuelle, Linke, Weltbürger, Romantiker. Ich fühlte mich wohl dort oben. Und sie hat mich verwöhnt, Sie verstehen schon. Sie war eine Faszination im Bett, und ich drehte mich nur noch darum, um die körperlichen Freuden, um das Begehren, um ihren Körper. Es war eine fiebrige Zeit. Nach zwei Monaten hatte ich mich entschieden. Joëlle hatte keinen Zuhälter, sie war wirklich in dieser Bar angestellt und hatte die Freiheit zu kündigen, wann es ihr passte. Das ging natürlich nur einmal. Das wusste ich, weil sie es mir gesagt hatte. Wer das Etablissement verließ, konnte nicht wiederkommen. Ich versprach, dass ich mir meinen Entschluss gut überlegt hätte. Ich versprach, dass ich mir sicher sei mit ihr. Wir vereinbarten, dass sie kündigen würde. Ich würde meine Frau verlassen und Joëlle nach einer Weile – der Anstand gebot, dass ich etwas warten musste – in ihre alte Heimat holen. Und zu mir. Als gebürtige Champagnoise hätte sogar mein Vater sie akzeptiert. Also würde sie die Grand Dame der Maison Delacrue werden, niemand würde von ihrer Vorgeschichte erfahren. Wie denn auch? Sie hatte immer nur einen kleinen Kreis von Stammkunden bedient.

Ich fuhr in die Champagne, fest entschlossen, meine Frau zu verlassen. Aber etwas kam dazwischen. Ich konnte den Entschluss nicht in die Tat umsetzen, weil ich arbeiten musste, nicht die Zeit fand oder mich der Mut verließ. Am Abend des nächsten Tages rief Joëlle an. Sie sei beim Arzt gewesen, weil ihr so unwohl gewesen sei. Die heutigen Schwangerschaftstests waren damals gerade erst erfunden worden, und für Prostituierte waren sie nicht erschwinglich. Der Arzt aber führte einen durch. Sie war schwanger. Von mir. Sie war sich ganz sicher, weil sie seit zwei Monaten nur noch mit mir zusammen gewesen war. Das schwor sie mir. Dennoch schlief ich schlecht in jener Nacht. Eigentlich schlief ich gar nicht. Ich war so unruhig, hatte Wachträume von einem Baby mit einem Kainsmal auf der Stirn, das seine Herkunft verraten würde – ein Bett in Pigalle. Ich dachte an Joëlle, stellte sie mir mit ihren Umgangsformen in meinem Haus vor, bei einem Empfang etwa – oder bei einer Versammlung von Geschäftsleuten. Auf einmal kam sie mir nicht mehr vor wie die Frau, an der ich mich gelabt hatte. Ich hinterfragte ihre Fähigkeiten als Ehefrau. Am Morgen stand mein Entschluss fest: Ich musste die Sache beenden. Schon wieder hatte ich einen Fehler gemacht: Ich war so voller Begehren für sie gewesen, dass ich es mit Liebe verwechselt hatte. Ich war ein Narr.

Ich wollte nach Paris fahren, um ihr alles zu erklären, um sie auszuzahlen. Aber ich schob es vor mir her. Meiner Frau sagte ich nichts. Ich rief Joëlle einfach nicht mehr an. Bis sie eines Tages vor meiner Tür stand. Meine Frau war Gott sei Dank im Supermarkt in Ay. Ich habe sie sofort gesehen, mit ihrem Koffer stand sie vor dem Haus. Ich bin zu ihr hinausgegangen und habe ihr die Wahrheit gesagt. Dass ich es nicht könnte. Mit ihr zusammen sein. Dass ich meine Frau nicht verlassen würde. Ich gab ihr Geld, damit sie das Kind wegmachen lassen konnte. Dann wandte ich mich um und ging wieder in meine Scheune. Dort verborgen sah ich ihr nach, wie sie die Dorfstraße hinunterging. Ich habe sie nie wiedergesehen. Ich lieferte nicht mehr nach Paris, stellte einen Burschen dafür an.

Für Joëlle aber war die Geschichte nicht vorbei. Ich ließ mich verleugnen, wenn sie mich anrief. Ich hatte große Angst, dass sie eines Tages einfach in meinem Haus stehen würde, um ihre Ansprüche anzumelden. Also schickte ich einen Boten zu ihrer Adresse. Er hatte einen Umschlag und eine Vereinbarung dabei. Sie sollte das Kind wegmachen lassen. Es gab damals Mittel und

Wege, erst recht in Pigalle. Der Bote kam wieder und berichtete, dass sie bereits einen recht dicken Bauch gehabt habe. Sie hatte die Vereinbarung unterschrieben, ohne mit der Wimper zu zucken. Und das Geld genommen. Sie wirkte nicht überrascht. Wahrscheinlich wissen solche Frauen, dass es keine große Chance gibt, der eigenen Misere jemals zu entkommen. Jeder Lichtschein endet wieder im Dunkeln.

Ein paar Jahre später ging ich zu einem Ball in Reims. Joséphine traf mich wie ein Schlag. Sie tanzte wie eine Göttin. Und sie lächelte mich auf eine Art an, in der ich mein Begehren für Joëlle wiederfand. Gleichzeitig hatte sie Umgangsformen wie eine Königin. Sie war eben ein Mädchen aus gutem Hause.

Wir verliebten uns sofort. Es ging alles ganz schnell. Natürlich nur so schnell, wie es in diesen Kreisen möglich war. Ich verließ meine Frau. Es war, als hätte sie schon lange darauf gewartet. Tränen gab es keine. Sie saß praktisch auf gepackten Koffern. Sie umarmte mich und wünschte mir Glück, dann fuhr sie mit ihrem eigenen Wagen nach Dizy und übernahm das Haus ihrer Eltern. Sie hat nie ein schlechtes Wort über mich verloren. Joséphine und ich verlobten uns nach einem Jahr. Und heirateten ein Jahr später. Erst dann schliefen wir miteinander. Und wiederum ein Jahr später war Joséphine schwanger. Mit Xavier. Es war die große Liebe.

Ich hatte gedacht, die ganze Sache mit Joëlle wäre längst erledigt, läge in ferner Vergangenheit. Bis ich eines Tages diesen Brief bekam. Ich habe ihn verbrannt, am selben Tag noch, aber die Worte begleiten mich seither.

Mein Herz,

so hast du mich immer genannt. Weißt du noch? Als du mir die süßesten Dinge geschworen hast? Dich verzehrt hast nach meinem Körper? Und wie du immer wieder beschworen hast, auch nach meiner Seele?

Ich habe alles aufgegeben für dich. Für dein Versprechen. Als ich zurück musste in das Metier, für das ich wohl vorgesehen war, gab es keinen Platz mehr für mich. Ich musste draußen auf der Straße anschaffen gehen. Ich war schwanger. Ich blieb schwanger. Das war die Hölle. Ich habe auf der Straße weitergearbeitet, selbst als ich schon Mutter war.

Bert ist jetzt über vierzig Jahre alt. Bertrand heißt er. Aber alle nennen ihn Bert. Er sieht aus wie ich. Was mich froh macht. Ich hätte es nicht ertragen, wenn er dir geähnelt hätte.

Ihn zu behalten, war die beste Entscheidung meines Lebens. Ich hätte bei Gott keine andere treffen können.

Er weiß von dir. Er weiß, welches Ziel ich vor Augen hatte. Für mich. Für ihn. Eine angesehene Frau werden.

Du hast meine Träume vor langer Zeit zerstört. Für Berts Träume habe ich noch Hoffnung. Bert ist stark. Er ist klug. Und er ist mutig. Viel mutiger als du.

Ich muss gehen. Ich habe ein zu schlechtes Leben geführt, und das rächt sich jetzt. Vielleicht ist es auch einfach nur Schicksal.

Ich sende dir Grüße und hoffe, du hast ein langes Leben. Du wirst Bert erkennen, wenn er eines Tages vor dir steht.

Joëlle

Ich hatte die Drohung in ihren Worten verstanden. Ab diesem Tag lebte ich in Angst um meinen Sohn. Aber dass er wirklich so weit gehen würde, das hätte ich nie gedacht.«

23

Können Sie bitte das Fenster öffnen? Ich möchte vorbereitet sein«, bat der alte Delacrue, und Pierre-Richard stand auf und ging langsam zum Fenster. Er zog beide Flügel auf, und die kalte Abendluft strömte hinein und tat Lacroix wohl.

Die letzten fast zwei Stunden hatten die beiden Brüder sich nicht bewegt. Regungs- und fassungslos hatten sie der Geschichte gelauscht, die der alte Mann langsam und in voller Härte erzählt hatte, unterbrochen von vielen Pausen, Hustenanfällen und Momenten, in denen seine Stimme gebrochen war.

Pierre-Richard setzte sich wieder. »Ich möchte Ihnen nun die Absolution erteilen und dann mit Ihnen beten.«

»Bevor Sie das tun …«, unterbrach ihn Delacrue und sah Lacroix direkt an: »Commissaire: Finden Sie diesen Mann. Helfen Sie Xavier. Versprechen Sie es mir.«

»Das kann ich nicht. Ich kann es nicht versprechen, Monsieur.«

»Er war hier.«

»*Er?* Ihr erster Sohn?«

»Nennen Sie ihn nicht so«, sagte der Alte stöhnend, »nennen Sie ihn nicht so. Ja, er ist hier gewesen, um mich zu sehen. Vor einigen Wochen. Er hat mir vorgeworfen, dass ich seine Mutter in den Tod getrieben habe. Ich müsse ihn annehmen. Jetzt, bevor es zu spät sei.«

»Was haben Sie ihm gesagt?«

»Ich habe ihn hinausgeworfen. Xavier war nicht hier, zum Glück. Ich glaube, das hätte übel geendet. Dieser Mann – er war sehr, sehr böse. Sie müssen Xavier schützen, bitte. Sie haben alles. Den Namen. Alles. Versprechen Sie es mir. Ich muss wissen, dass er sicher ist, damit ich gehen kann.«

Lacroix stand langsam auf.

»Ich werde Ihren Sohn zu Ihnen schicken. Und ich werde alles tun, um ihn zu schützen. Aber versprechen kann ich nichts. Manchmal ist es nicht möglich, die Ruhe zu finden, die man sich ersehnt, Monsieur. Es tut mir sehr leid.«

»Sagen Sie es ihm nicht. Bitte …«

Lacroix nickte. Das wenigstens konnte er versuchen. Er ging zu dem alten Mann und gab ihm die Hand.

»Leben Sie wohl, Commissaire.«

»Ich bete für Sie, Monsieur Delacrue.«

Dann verließ er das Zimmer. Während er die Tür leise zuzog, hörte er noch die ruhige Stimme seines Bruders, der mit den Segensworten begann, die der Absolution vorausgingen.

Lacroix stieg die Treppe hinunter und ging in den Hof, doch der Tisch war verlassen. Jetzt hätte er gut einen Schluck gebrauchen können. So genoss er nur die frische Luft und sah hinauf zu dem Fenster, hinter dem Licht brannte, als er die Stimme in seinem Rücken hörte.

»Wie geht es ihm?«

»Ich denke, es wäre gut, wenn Sie in einigen Minuten hinaufgingen.«

»Sie waren lange bei ihm. Was hat er Ihnen gestanden?«

»Das kann ich Ihnen nicht erzählen«, sagte Lacroix bestimmt, »aber ich kann nun besser ermitteln, da können Sie sich sicher sein. Bitte, lassen Sie den Moment nicht verstreichen. Ich denke, es wird diese Nacht geschehen. Ich …« er ging einen Schritt auf Delacrue zu, »ich wünsche Ihnen viel Kraft. Wir hören uns bald.« Sie umarmten sich.

»Danke für alles, Commissaire«, flüsterte der junge Delacrue. Dann verschwand er im Haus. Lacroix aber wartete draußen im Schein des Mondes am klaren Himmel. Er setzte sich auf einen Stuhl und spürte, wie ihn eine tiefe Ruhe erfasste.

Nach einer halben Stunde hörte er die Schritte seines Bruders auf der Treppe.

Als Pierre-Richard aus dem Haus kam, nickte er sanft. »Er ist gegangen. Vor ein paar Minuten.« Er bekreuzigte sich, und Lacroix tat es ihm gleich. »Sein Sohn war bei ihm. Nun ist auch die junge Frau oben. Der Priester aus dem Dorf ist verständigt, er müsste gleich hier sein.«

»Dann können wir fahren?«

Pierre-Richard nickte, und sie stiegen in den alten Renault. Die ganze Fahrt nach Paris sprachen sie beide kein Wort. Lacroix war tief in seinen Gedanken versunken. Er hatte nichts von Docteur Obert gehört. Aber er hatte das Untersuchungsobjekt ja auch erst seit kurzer Zeit in den Händen. Was war nur in dieser verdammten Spritze gewesen?

Als sie an der Einfahrt zur Rue Cler hielten, drückte Lacroix die Hand seines Bruders fest. So saßen sie da, minutenlang.

Es war kurz nach ein Uhr nachts, als der Commissaire

die Tür zu seiner Wohnung aufschloss. Aber das Licht brannte noch, und Dominique stand sofort vom Sofa auf und kam ihm an der Tür entgegen. Ihre Miene war ernst.

»Das machst du nie wieder mit mir, ja?« Dann schloss sie ihn in die Arme.

Herrgott, dachte er. »*Excuse-moi*«, flüsterte der Commissaire leise. Er hatte sich eben gewundert, dass sie noch wach war, aber dann fiel es ihm wie Schuppen von den Augen. Er hatte schlichtweg vergessen, ihr nach dem Anruf am Mittag Entwarnung zu geben. »Es tut mir leid, *chérie*.«

»Ich habe wirklich alles versucht«, sagte sie mit bebender Stimme. »Ich habe im Chai angerufen, aber da sagte mir Yvonne, dein Bruder sei auf dem Weg nach Reims. Warum das denn?, fragte ich mich. Aber ich habe niemanden aus deinem Team erreicht. Herrgott, ich hatte echt Panik. Paganelli habe ich vor drei Stunden erreicht, der hat mir erzählt, dass Rio angeschossen wurde. Ansonsten wusste er nur, dass es dir gut ging, als er losgefahren ist. Herrgott, *mon commissaire*, so was kannst du wirklich nicht mit mir machen. Ich war außer mir vor Sorge.«

»Tut mir leid, sehr leid. Wirklich. Es wird nicht wieder vorkommen.«

»Das sollte es nicht. Sonst wird die Bürgermeisterin von Paris sich eine wirklich üble Strafe ausdenken.«

»Ein Jahr abwaschen etwa?«

Sie mussten beide lachen.

»Los, setz dich zu mir. Erzähl mir von deinem Tag.«

Lacroix setzte sich neben sie aufs Sofa. Von hier hatte man die ruhige Rue Cler im Blick.

Erst nach drei Uhr hätte man von draußen beobachten können, wie das Licht im Hause Lacroix gelöscht wurde. Doch zu dieser Stunde war auf der Marktstraße kein Flaneur mehr unterwegs.

24

Was machen Sie denn hier?«, rief er und ließ vor Schreck fast seinen Hut fallen. Doch, sie war es wirklich: Capitaine Jade Rio saß mit einem dicken weißen Verband um den Arm auf ihrem Stuhl vor dem Computer und sah ihn ihrerseits überrascht an.

»Sie sind doch auch schon hier, Commissaire. Es ist ja auch schon kurz nach acht.«

»Ich wollte nur kurz im Büro vorbeischauen und dann nach Reims fahren, um Sie im Krankenhaus zu besuchen.«

»Meinen Sie, ich liege dort rum, während Sie hier in einem doppelten Mordversuch ermitteln? Ich habe mich untersuchen lassen, es ist alles in Ordnung. Das war doch nur ein Kratzer.«

»Ein ganz schön tiefer Kratzer, wenn Sie mich fragen.«

»Es ist alles gut«, sagte sie beruhigend. »Und nun sagen Sie schon, was Sie um diese Uhrzeit im Büro machen.«

»Ich dachte, ich müsste jemanden ausfindig machen, der sich mit Computern auskennt. Aber da Sie ja da sind …«

»Was kann ich tun?«

»Wir haben einen Namen. Monsieur Delacrue hat einen Sohn.«

»Ich weiß.«

»Nein, falsch. Er hat noch einen Sohn. Aus einer Affäre, die er lange vor seiner zweiten Ehe beendet hat.«

»Oho. Hört, hört. Na, in der Champagne herrscht ja Sodom und Gomorrha.«

»Die Frau heißt Joëlle Bidart. Mademoiselle Bidart hat in Pigalle als Prostituierte gearbeitet. Ihr Sohn heißt Bertrand. Vielleicht ist die Dame aber auch schon verstorben.«

»Gut, ich setze mich sofort dran. Wenn es sie gibt, finde ich sie. Und ihn.«

»*Merci.* Und lassen Sie den Portugiesen aufwecken. Ich will mit ihm sprechen. Ach, und Capitaine? Ich bin sehr froh, dass Ihnen nicht mehr passiert ist. Schön, Sie an Bord zu haben. Wenn die Sache hier vorbei ist, machen Sie erst mal zwei Wochen Urlaub auf Staatskosten. Den Antrag unterschreibe ich. Bis nachher.«

»Wo finde ich Sie, wenn ich was rausbekomme?«

»Im Chai. Ich brauche erst mal einen *café*.«

»Gut. Ich rufe dort an, wenn es dringend sein sollte.«

»Bitte informieren Sie auch die Kollegen in Reims. Selbst wenn wir den Portugiesen in Haft haben, niemand weiß, ob Bertrand Bidart noch einen anderen Killer in petto hat. Die sollen die Maison Delacrue weiter überwachen.«

»Wie geht es dem jungen Mann?«

»Er war sehr gefasst, als wir uns auf den Weg gemacht haben.«

»Wir? Ich dachte, Paganelli hat den Portugiesen nach Paris überstellt.«

»Ja, Pierre-Richard war mit in der Champagne. Monsieur Delacrue senior ist gestern Abend gestorben.«

»Oh. Das tut mir leid. Was für ein schrecklicher Tag für den Sohn.«

»Da haben Sie recht«, sagte Lacroix und verließ das Büro.

Er überquerte den Boulevard Saint-Germain an der Ampel und lief auf der nördlichen Seite in Richtung Odéon hinauf. Der Verkehr rauschte ihm entgegen, vier Autospuren und daneben noch mal die ständig überlastete Spur für Busse, Taxis und Polizeiautos. Dominique überlegte, auch diesen Boulevard, nach dem Vorbild der Rue de Rivoli, fahrradfreundlich auszubauen und von den vielen Autospuren zu befreien. Andererseits: Dann würde der stetig verstopfte Boulevard zu einem noch engeren Nadelöhr werden.

Er war früh dran, und er brauchte diesen *café* wirklich dringend, deshalb beschleunigte er seinen Schritt und bog in die Rue de Buci ein. Kurz stutzte er: Der R5 stand vorschriftsgemäß auf einem legalen Parkplatz vor dem Chai, und das, obwohl sie gestern zu so später Stunde angekommen waren. Pierre-Richard war wirklich ein Heiliger.

Lacroix zog die Glastür auf. Schon im Eingangsbereich stieg ihm der Geruch von frischgemahlenen Bohnen in die Nase und der Duft des Specks, mit dem Yvonnes Mann zu dieser Stunde Omeletts und Rührei briet.

»*Mon commissaire!* Je früher der Morgen, desto hungriger die Gäste, hm?«

»Ich hätte nichts gegen ein aufwendiges Frühstück, *ma chère*.«

Als Yvonne ihm den starken *café serré*, den er immer bestellte, servierte, lehnte sie sich über den Tresen und fragte leise: »Was macht Oberts plaudernder Mörder? Der Docteur hat gestern Nachmittag dreimal hier angerufen, um nachzufragen, wo du bist.«

So früh am Morgen saßen an den Tischen im Lokal nur wenige Menschen, die meisten frühen Stammgäste – Müllfahrer, Postboten und Büroangestellte von ringsum – standen am alten *zinc*, dem Tresen, der das Bistro beherrschte. Deshalb waren vertrauliche Gespräche vor zehn Uhr nicht so einfach zu bewerkstelligen.

»Nun, der gute Docteur hatte tatsächlich richtig gehört. Es gab wirklich einen versuchten Mord im Zug nach Reims. Ohne Obert wäre ein junger Mann jetzt tot. Und du hast recht, ich muss ihn unbedingt anrufen.«

»Und du warst dabei? In diesem Zug?«

Lacroix nickte.

»Nein, *mon commissaire*, also für derlei Action bist du doch langsam zu alt.«

»Ich bin nicht stolz auf diese – wie du sagst – Action, wahrlich nicht. Dominique wäre fast umgekommen vor Sorge.«

»Und wisst ihr schon mehr über die Hintergründe?«

»Wir kennen einen der Handlanger. Aber den Drahtzieher suchen wir noch. Ich denke, wir werden ihn bald gefunden haben.«

»Ein Auftragsmord, das ist ja wie in einem schlechten Film.«

»Es gab im Leben dieser Menschen viele große Verletzungen. Und die können zu drastischen Reaktionen führen, wie du weißt.«

»Nun, es klingt, als hättest du einen weiteren arbeitsreichen Tag vor dir. Ich habe dir bei meinem Liebsten ein Omelett *mixte* bestellt.« Aus der Küche erklang ein Glöckchen. »Wie aufs Stichwort.« Sie verschwand und kam gleich darauf mit dem Teller wieder.

»Hier, *bon appétit, mon commissaire.*«

»*Merci, ma chère.*«

Yvonnes Mann hatte zuerst Zwiebeln und Speck angebraten, dann die Eimasse in die Pfanne gegeben und kurz vor Schluss mit Käse gefüllt. Es roch himmlisch. Genau das, was Lacroix jetzt brauchte, stellte er fest, als er das Omelett anschnitt und der geschmolzene Gruyère sich über den Teller ausbreitete. Er gab aus der Mühle frischen Pfeffer über das Ei und aß mit großem Appetit.

Zum zweiten *café* des Tages nahm er anschließend die aktuelle Ausgabe des *Parisien* zur Hand, aber er konnte sich nicht auf die Lektüre konzentrieren. Also stand er auf und winkte Yvonne zu, während er in Richtung Ausgang schlenderte.

»Bis nachher, *mon commissaire.* Zum *déjeuner* gibt es übrigens Raie aux câpres. Haben wir ja nicht so oft, und ich weiß, wie sehr du das magst.«

»Na, da hab ich ja ein Ziel vor Augen für diesen Tag. *À toute a l'heure*, Yvonne.«

Rochen mit Kapernsoße, diese Delikatesse liebte er wirklich. Sie wurde nur serviert, wenn die Wirtin kurz vorher tatsächlich in Rungis gewesen war und ganz frische Rochenflügel bekommen hatte. Er hoffte, dass die Ermittlungen ihm später ein ausgedehntes Mittagessen im Chai erlauben würden – heute galt es, wirklich weiterzukommen in diesem verzwickten Fall.

Er verließ sein geliebtes Bistro und machte sich wieder auf den Weg in Richtung Commissariat. Schon von Weitem sah er Rio vor dem klobigen Gebäude stehen und mit den uniformierten Beamten plaudern. Sie hatte die Lederjacke ausgezogen und präsentierte ihren weißen

Verband. Die beiden Polizisten schauten besorgt drein, doch sie winkte lachend ab und brachte damit auch die Kollegen zum Lachen. Auch sie erblickte Lacroix schon von Weitem und kam ihm entgegen.

»Ich habe eben im Chai angerufen, aber Sie waren schon weg, Commissaire. Ich habe recherchiert wegen Madame Bidart. Und wegen ihres Sohnes, Bertrand. Es stimmt alles, die Beamten hatten eine Frau diesen Namens auf ihrer Liste der Prostituierten oben im Achtzehnten.«

»Wo lebt sie jetzt?«

Rio sah ihn kopfschüttelnd an.

»Ist sie gestorben?«

»Vor sechs Monaten. Im Hôpital Bichat im Norden von Paris. Ich habe nur die Sterbeurkunde gefunden, keine weiteren Details.«

»Vor einem halben Jahr ...«, sagte Lacroix nachdenklich.

»Ja. Und den Sohn habe ich auch gefunden, samt Sozialversicherungsnummer.«

»Ich höre Ihnen an, dass das nicht alles ist.«

»So ist es. Und jetzt wird es spannend: Bertrands Spur verlor sich vor etwa zehn Jahren. Und es gibt keinerlei Hinweise mehr auf ihn. Keine Vorstrafen oder so etwas. Nein, gar nichts. Er existiert schlicht nicht.«

»Eine Karteileiche?«

»So könnte man es ausdrücken.«

»Gut. Ich gehe direkt zu dem Portugiesen. Ist er schon im Verhörraum?«

»Natürlich, Commissaire. Meinen Sie, ich sitze nur dumm rum? Ich habe auch schon ein Foto von ihm gemacht und an ihre Wand gehängt.«

»Sie wissen wirklich, wie man mir eine Freude macht.«

»Paganelli ist auch schon oben.«

»Ich komme zu Ihnen, sobald ich mit dem Mann gesprochen habe.«

Die beiden Uniformierten salutierten, als Lacroix an ihnen vorüberging, und er nickte ihnen freundlich zu. Dann nahm er die Treppe hinunter in den gemauerten Keller, von dessen langem Flur aus mehrere Türen abgingen.

Rio setzte seine Klienten stets in den letzten Raum am Flurende, den Lacroix so gut kannte wie sein eigenes Büro. Er öffnete die Tür und trat in das fensterlose Verhörzimmer, das etwa sechs mal sechs Meter maß. Ziemlich viel Platz für das karge Interieur aus einem Spanholz-Tisch und zwei Stühlen. Eigentlich eine recht wirksame Drohkulisse: Die Größe des Raums wirkte einschüchternd, verwies auf die Macht des Staates, der hier nicht nur das Wort führte, sondern das Schicksal eines jeden Zeugen entscheidend verändern konnte.

Der Portugiese aber saß ganz entspannt auf seinem Stuhl, als sei er kein bisschen eingeschüchtert. Er lächelte sogar, als der Commissaire eintrat.

»Sie sind mit solchen Räumen sehr vertraut, oder?«, fragte Lacroix dann auch als Erstes, während er ihm gegenüber Platz nahm.

Der Mann zuckte mit den Schultern. »Schon manchmal dagewesen«, sagte er mit seinem schweren Akzent.

»Auch im Gefängnis?«

Wieder ein Schulterzucken.

»Was ist mit Ihren Fingern passiert?«

»Arbeitsunfall.«

»Was für Arbeit?«

Keine Antwort.

»Ihre Arbeit als Killer?«

Wieder keine Antwort, dafür ein Zucken um die Augenwinkel.

»Woher kommen Sie?«

»Aus einem schöneren Land als Ihrem.«

Seine Miene zeigte Belustigung. Lacroix ließ sich nicht provozieren.

»Wie ist Ihr Name?«

»Hören Sie, Commissaire, ich arbeite nicht mit. Sie müssen finden Ihre Antworten allein.«

»Es würde einfacher gehen, wenn Sie mir helfen.«

»Sie wissen, dass nichts ist passiert.«

»Sie haben meine Kollegin angeschossen.«

»Zwei Jahre Gefängnis. Mehr nicht.«

»Und das macht Ihnen nichts aus? Zwei Jahre im Gefängnis aus Loyalität für den Mann, der sie beauftragt hat und der eigentlich eingesperrt gehört?«

»Meine Familie bekommt viel Geld. Und ich auch, wenn ich freier Mann.«

»Von wem?«

Der Portugiese lehnte sich zurück und verschränkte die Arme vor der Brust.

»Das war's? Mehr wollen Sie nicht sagen?«

Kopfschütteln. Lacroix stöhnte, dann stand er auf.

»Jemand wird Sie wieder in ihre Zelle bringen.«

Der Commissaire wusste, wenn es keinen Sinn mehr machte weiterzufragen.

Er verließ das Zimmer, ohne sich noch einmal umzudrehen, und stieg wieder hinauf ins Erdgeschoss. Von dort aus nahm er nicht den Fahrstuhl in die vierte Etage, heute zog er das in einem scheußlichen Gelb gestrichene Treppenhaus vor. Hier begegnete einem niemand, nur die schwarz-weißen Ahnen der Pariser Polizei in ihren Bilderrahmen. Alle wichtigen Kommissare waren hier verewigt, und Lacroix grauste schon bei dem Gedanken, dass er sein Dasein dereinst hier fristen würde, wahrscheinlich in so einem digitalen Fotorahmen, wie manche Restaurants sie angeschafft hatten, um die Karte zu präsentieren – ein guter Grund für Lacroix, am Eingang sofort kehrt zu machen.

Wenn er in einem besonders verzwickten Fall nicht weiterkam, nahm er jedenfalls dieses Treppenhaus und trat in der dritten Etage durch die unscheinbaren Türen, an denen nur ein altes Metallschild mit dem Logo der Präfektur ankündigte, was sich dahinter verbarg. Er begrüßte die Angestellte am Empfang, die ihm freundlich und irgendwie wissend zulächelte, dann ging er in den ersten Raum des Museums der Pariser Polizeigeschichte. Ehrlich gesagt verirrten sich nur selten Touristen in die kostenlose Ausstellung, zumeist begegnete er nur jungen Polizeianwärtern aus allen Teilen des Landes, die während ihren Reisen in die Hauptstadt hier vorbeischauten. Deshalb liebte er diesen Ort: Zwischen all den Exponaten und den Bildern seiner Vorgänger konnte er wirklich in aller Ruhe schlendern und sich seinem Fall völlig hingeben.

Alles war verzwickt bei dieser Ermittlung, weil es anders war als sonst: Er wusste schon viel, konnte sich sogar das Motiv vorstellen. Nur der Täter blieb ein Phantom.

Sie hatten zwei Wassergläser ohne jede Spur. Sie hatten

zwei Männer, die ungeniert in ein berühmtes Restaurant schlenderten, sich am Bahnhof aber tarnten, weil sie die Überwachungskameras auf dem Schirm hatten. Sie hatten einen der Männer, der nicht redete, weil er Geld bekam und ihm das Gefängnis keine Angst machte.

Lacroix blieb vor einer alten Vitrine stehen, in der alte Pfeifen ausgestellt wurden, die vor hundert Jahren für Opium genutzt worden waren. Darüber hing ein Schaubild der Sittenpolizei. Die hatte vor langer Zeit in Paris nicht nur den Drogenkonsum bekämpft, sondern war auch für die Prostitution zuständig gewesen. Joëlle Bidart hatte im achtzehnten Arrondissement angeschafft.

Es gab keine Garantie, aber immerhin eine Chance.

Die letzten Ausstellungsräume nahm der Commissaire schon nicht mehr richtig wahr. Er nickte der Mitarbeiterin zu und eilte die letzten Treppenstufen nach oben.

Im Großraumbüro sagte er zu Paganelli: »Drucken Sie mir bitte das Fahndungsfoto von dem Hintermann aus? Das andere nehme ich von der Wand.«

Der Korse sah ihm fragend nach.

Dann ging Lacroix zum Schreibtisch von Rio. »Können Sie den Portugiesen wieder in seine Zelle bringen? Ich nehme mir gerade mal Ihr Telefon.«

Er fuhr mit dem Finger die Liste entlang, die auf dem Tisch lag, dann wählte er die richtige Nummer. Nach kurzem Klingeln wurde abgehoben.

»*Chère* Rose, ich grüße dich. Können wir uns heute noch treffen? Du weißt schon, wo. Ginge es auch früher? Zum Mittag? Es gibt Rochen.«

25

Sie warf ihre Kippe erst im letzten Moment in den Rinnstein und schlurfte zur Tür herein. Das linke Bein zog sie nach. Sofort war Lacroix in Sorge. Rose Violet setzte sich neben ihn auf den zweiten Barhocker und grummelte: »Die verdammte Hüfte. Ist nichts, wenn man alt wird.«

»Du bist doch nicht alt.«

»Ja ja, ich weiß, nur betagt. Du alter Charmeur.«

»Schön, dass du gekommen bist. Wollen wir was zu essen bestellen?«

»Meinst du, ich wäre wegen des Rochens gekommen? Na, hör mal. Ich mag den überhaupt nicht. Diese riesigen Gräten. Deine zweite Ehefrau soll mir mal lieber ein anständiges Steak frites bringen. Nein, ich bin hier, weil ich gespannt bin, was Paris' zweitbester Commissaire wohl so dringend von mir braucht.«

»Ich weiß nicht. Olivier ist nicht hier.«

Er hörte Rose lächeln. Olivier Malafosse war ein junger Beamter aus dem Revier nahe Opéra, der seit Jahren versuchte, sich in der Hierarchie weiter nach oben zu kämpfen. Ein Karrierist, wie es heute viele gab – weder Rose noch Lacroix hatten viel für ihn übrig.

»Jetzt spuck's schon aus, Maigret, was kann ich für dich tun?«

»Komm, wir setzen uns da hinten hin. Da ist es ruhiger.«

In diesem Moment trat Yvonne an die Bar. »Oh, Commissaire Violet«, rief sie erstaunt. »Lange nicht gesehen.«

»Ich komm nicht mehr gern von meinem Berg runter. Da oben hab ich alles, was ich brauche. Außer Ihr Steak, Madame Abeille, das gibt's da oben nicht in der Qualität.«

Yvonne wurde rot und strahlte über beide Wangen. »Also ein Steak frites *pour vous? À point?*«

»*Saignant*«, sagte Rose streng. »Ich mag es blutig. Und ein Bier.«

»Sehr gerne. Und für dich Bier und Rochen?«

»Du kennst mich zu gut.«

»Das sagt mir mein Mann auch immer. Sucht euch einen guten Platz. Kommt sofort.«

»So, welchen Fall muss ich für dich lösen, Lacroix?«

Sie setzten sich an einen Tisch in der Ecke vor der großen Spiegelwand. Rose nahm auf der mit rotem Leder bezogenen Bank Platz, während der Commissaire sich auf einen der typischen Pariser Bistrostühle setzte, der bedrohlich unter ihm knarrte.

»Ich habe einen Fall, der eigentlich keiner ist. Nun, oder besser gesagt, der einer geworden ist.«

»Du redest in Rätseln, *mon cher.*«

»Nun, es fing damit an, dass Docteur Obert zum *déjeuner* mal wieder fein ausgehen wollte.«

Und dann erzählte Lacroix der Leiterin des Commissariat von Montmartre die ganze Geschichte, und ihre Augen wurden immer größer. Zwischendurch brachte Yvonne die frischgezapften Biere, aber ihre Gläser blieben unberührt auf dem Tisch stehen. Erst als Lacroix geendet hatte, nahm die Commissaire einen großen Schluck.

»*Mon dieu*«, sagte sie, »unser Docteur hat aber gute Ohren. Aber was hab ich damit zu tun?«

»Wir haben den Namen des Drahtziehers. Aber ... es gibt ihn nicht. Er existiert nicht mehr. Er ist verschwunden, untergetaucht, vor vielen Jahren. Es gibt keinen Totenschein, es gibt nichts. Außer dem Fakt, dass seine Mutter gestorben ist, vor einem halben Jahr.«

»Kommt die Familie aus meinem Beritt?«

»Ja, die Mutter war Prostituierte in Rochechouart. Und ich glaube, dass der Sohn sehr wohl polizeibekannt ist, auch wenn er seit Ewigkeiten in keiner Akte mehr auftaucht.«

»Wie kommst du darauf?«

»Er hält eine heikle Besprechung mit einem Killer an einen öffentlichen Ort ab, an dem man so jemanden nicht vermuten würde. Er wischt die Wassergläser so gut aus, dass nicht mal der Hauch einer Spur zurückbleibt. Er kennt jede Überwachungskamera in der Gare de Lyon. Und: Er hat Kontakte zu einem Killer, der selbst im Verhörraum nicht auspackt.«

»Na, noch hast ja nur du ihn verhört.« Sie lächelte schelmisch, fügte aber schnell hinzu: »Entschuldige, Lacroix, war nur ein Witz. Ja, das klingt, als könntest du Recht haben.«

»Hier.« Er griff in seine Manteltasche. »Das ist der Killer. Und das ist das Phantombild unseres Mannes, der Beschreibung von dem Kellner nach, der die beiden bedient hat.«

Rose sah sich erst das Foto an, dann die Zeichnung. Er griff nach der Pfeife in seiner Tasche, nicht, um sie anzuzünden, er wollte sie nur in der Hand halten, so angespannt war er. Sie sah nicht lange auf die Bilder, nein, Lacroix konnte nicht sagen, was da für ein Ausdruck auf ihrem Gesicht lag. Erst als sie aufschaute, sah er, dass sie lachte.

»Du willst mich veräppeln auf meine alten Tage, oder?«

»Sag schon, wer ist das?«

»Du weißt es wirklich nicht? Du beschäftigst dich wirklich zu viel mit den reichen Verbrechern unten in der Stadt.«

»Du kennst ihn also?«

»Ich kenne sie beide. Der hier ist ein guter alter Bekannter. Hast du seine Finger gesehen?«

»Ja. Unglaublich. Ich weiß gar nicht, wie er noch das Feingefühl aufbringt, eine Waffe abzufeuern.«

»Die Abdrücke hat er sich in Portugal im Gefängnis wegätzen lassen. Hier in Frankreich haben wir ihm nie etwas nachweisen können. Ein Killer, der bestimmt seit zehn Jahren nicht mehr in Paris operiert hat. Ich dachte, er wäre längst tot oder hätte sich im Alentejo auf einer Korkfarm zur Ruhe gesetzt.«

»Er hat erst die Spritze geschwungen und dann geschossen. Beide Male ging es schief. Er scheint etwas aus der Übung, zum Glück für unseren jungen Delacrue. Für wen arbeitet er?«

»Er war, als er noch in Paris gelebt hat, der Handlanger des anderen Mannes.«

Lacroix nickte. Er war so gespannt, dass er zu platzen meinte.

»Ich habe lange kein Bild mehr von ihm gesehen. Ein bisschen älter geworden. Aber man erkennt ihn noch. Er wird Bruno, *le roublard*, genannt.«

»An den Namen erinnere ich mich. Bruno, das Schlitzohr?«

»In dem Fall ist wohl eher ›Der Gerissene‹ gemeint. Eine der drei Unterweltgrößen bei mir auf dem Berg. Was die Prostitution betrifft, hat er sich den Boulevard de Clichy mit einem anderen Mann aufgeteilt, einem Libanesen. Dann macht er in Schutzgeld, in Geldwäsche und natürlich in Drogen.«

»Warum habe ich ihn dann nicht erkannt? Ich dachte, ich kenne alle Clans in Paris. Aber den Mann habe ich noch nie gesehen.«

»Das ist das Spannendste – und auch sein Geheimnis: Würde er es machen wie die Libanesen, die mit dem Ferrari über die Champs-Élysées rasen und ihren Reichtum feiern, dann wäre er längst tot. Wir hätten ihn verhaftet – oder wahrscheinlicher hätten die ihn umgepustet. Aber nein, er hält sich absolut bedeckt. Angeblich wechselt er jede Woche seine Unterkunft. Kleine Buden irgendwo im Quartier. Er soll auch irgendwo in der Vorstadt ein Gartenhaus haben, aber auch das ist so gut bewacht von seinen Untergebenen, dass wir es nie finden werden. Ich hatte ihn einmal auf meinem Stuhl, vor knapp zehn Jahren vielleicht, wegen Verdachts auf Drogenschmuggel. Da war er noch lange nicht so reich wie heute. Aber schon genauso gerissen. Er hat mich angelacht und gesagt, ich könne ihm nichts beweisen. Gar nichts. Er hatte recht. Wir haben in seinen Bordellen nicht einen Krümel Drogen gefunden, und alle Frauen haben erzählt, wie gut er sie behandelt. Keine Chance, an ihn ranzukommen. Ich habe mir seinen Fall alljährlich auf Wiedervorlage gepackt, aber ich kam einfach nie weiter. Es heißt, er sei so vorsichtig, weil er die andere Seite kenne. Weil er sich aus ärmlichsten Verhältnissen hochgearbeitet hat.«

»Wenn es stimmt, dann ist sein wahrer Name Bertrand Bidart, und er ist der Sohn ebendieser Prostituierten.«

»Und hat es selbst zum König der Prostitution gebracht. Unglaublich. Okay, und dieser Mann wollte den Sohn eines Champagnerwinzers töten. Nun haben wir also endlich was gegen ihn in der Hand. Fahren wir gemeinsam auf meinen Berg und rühren ein bisschen in der Kloake?«

»Nein.« Lacroix schüttelte den Kopf. »Das werden wir nicht tun, Rose. Wenn er so gut vernetzt ist, wie du sagst, dann schrecken wir ihn auf und sehen ihn nie wieder.«

»Was willst du stattdessen tun? Der Portugiese wird den Mund nicht aufmachen. Niemals. Den kannst du foltern, der sagt nichts. Bruno muss ihn nach all den Jahren engagiert haben, weil er keinem seiner aktuellen Jungs traut – und weil der Portugiese so lange aus dem Geschäft war. Das ist meine einzige Erklärung.«

»Ich habe schon eine Idee, Rose. Wir kommen nicht zu ihm – er wird zu uns kommen. Verstehst du? Da gibt es etwas, was er offensichtlich erreichen möchte. Und er wird sich noch nicht geschlagen geben.«

»Wie willst du das anstellen?«

»Das besprechen wir gleich. Ich werde jedenfalls deine Hilfe brauchen. Weil du ihn auf den ersten Blick erkennen wirst. Einverstanden? Aber erst mal …«, Lacroix deutete in Richtung Bar, als habe er es schon gerochen, und tatsächlich kam in diesem Moment Yvonne mit zwei Tellern aus der Küche, die sie freudestrahlend vor die beiden hinstellte.

»So, das Steak für die Commissaire und der Rochen für dich, *mon cher. Bon appétit.*«

»Hm, ein lange untergetauchter Verbrecher und ein blutiges Steak. Der Tag könnte doch noch mein Freund werden.«

Und auch Lacroix näherte sich mit der Nase seinem Teller. Er betrachtete das gebratene weiße Fleisch des Fischs, die langen und dicken Gräten der Flügel. Dazu gab es eine sahnige Kapernsauce und ein grobes Kartoffelpüree, das Yvonnes Mann mit reichlich Butter zerstoßen hatte.

»So langsam fügen sich die Dinge«, sagte Lacroix zufrieden und griff nach Messer und Gabel.

Der Lockvogel

26

Zu viert saßen sie in Lacroix' kleinem Büro: Rose Violet, Jade Rio, Adolphu Paganelli und der Commissaire selbst. Kopfschüttelnd betrachteten die Capitaine und der Korse das Phantombild von Bertrand Bidart und sein altes Foto aus der Polizeiakte, das Rose nach kurzer Zeit aus ihrem Commissariat zugesendet bekommen hatte.

»Unglaublich! Natürlich sagte mir der Namen Bruno, der Gerissene, etwas, aber gesehen hatte ich ihn noch nie«, sagte Paganelli, und Rio fügte hinzu: »Und dann taucht er in so einem merkwürdigen Fall auf.«

»Das ist die Gelegenheit, unseren Fall zu lösen und gleichzeitig einen Berg von Commissaire Violets Fällen abzutragen«, sagte Lacroix und holte seine Pfeife aus der Tasche.

»Ich weiß ja, dass deine Mitarbeiter dich machen lassen, was du willst, Lacroix, aber kannst du dir das Rauchen für den Moment verkneifen? Du weißt, dass ich Pfeifentabak in engen Räumen nicht ertrage.«

Der Korse sah die forsche Polizistin überrascht an. So redeten nicht viele mit seinem Chef.

»Was haben Sie vor, Commissaire?«, fragte Rio.

»Wenn Bruno sich so gut versteckt, wie Rose glaubt, dann muss er einen guten Grund bekommen, seine Vorsicht aufzugeben. Er will etwas erreichen, etwas, das mit der Maison de Champagne seines wahren Vaters zu tun hat. Ich denke, dass wir ihm damit eine Falle stellen und ihn aus seinem Versteck locken können.«

»Aber wie wollen Sie das anstellen? Warum sollte er nicht einfach abwarten und den jungen Delacrue dann eines schönen Tages umbringen?«, sagte Rio.

»Das geht eben nicht. Er kann nicht warten.«

Die Capitaine und Rose Violet sahen fragend drein.

Paganelli zuckte mit den Schultern. »Was wollen Sie denn tun? Delacrue als Lockvogel verwenden?«

»Ach, Paganelli, wie gut Sie mich kennen …«

»Wirklich?« Dem sonst so unerschrockenen Korsen blieb der Mund offen stehen.

»Ja. Aber wir werden so viele Sicherheitskräfte aufbieten, dass ihm nichts passieren kann. Und so, wie ich ihn einschätze, wird er kooperieren. Wenn er danach ein für alle Mal in Sicherheit ist …«

»Erklär uns deinen Plan, Lacroix«, sagte Rose streng. »Dann entscheide ich, ob ich das verantworten kann.«

Lacroix schaute durch die Scheibe auf die Uhr im Großraumbüro.

»Gleich erkläre ich es euch. Vorher muss ich aber noch einen Anruf machen. Und dann müssen wir alles vorbereiten. Deshalb fahren wir heute schon.«

»Wohin?«

»Dorthin, wo alles begann. In die Champagne.«

Er ließ die Kollegen noch immer ratlos zurück, ging hinüber zu Rios Schreibtisch und wählte die Nummer der Redaktion der Tageszeitung *Le Parisien*. Er spürte, wie seine Stirn glühte. Dieses Fieber, wenn er der Lösung eines Falls ganz nah war, es hatte ihn gepackt.

»Mademoiselle Schneider?«, fragte er, als sie sich am anderen Ende der Leitung mit einem knappen *»Oui«* meldete. »Hier ist Lacroix.«

»Oh, Commissaire! Gut, dass sie anrufen. Die Zeiten sind ruhig. Ich dachte schon, ich müsste mir bald Geschichten aus den Fingern saugen, damit unsere Leser was zu lesen haben.«

»Dann würde ja alles beim Alten bleiben«, sagte er trocken.

»Was gibt's, Commissaire? Wenn ich mich ärgern lassen will, gehe ich einfach zu meinem Chefredakteur.«

»Ich mache Ihnen ein Angebot: Sie tun etwas für mich, und dafür kriegen Sie etwas von mir. Eine exklusive Geschichte. Aber ich verrate Ihnen vorab kein Wort über die Hintergründe. Das müssen Sie einfach hinnehmen.«

Sie überlegte nur eine Sekunde. »Was brauchen Sie?«

»Berichten Sie über den Tod des Eigentümers der ältesten Maison de Champagne in Aÿ. Die Hintergründe zur Familie Delacrue kriegen Sie mit ein paar Anrufen raus. Die Familie wird den Leichnam vor der Beerdigung einen Tag lang aufbahren lassen, in der Kathedrale von Reims. Lassen Sie sich etwas einfallen, warum das für Pariser interessant sein könnte. Champagner, das Luxusgetränk, die Legende Delacrue, irgendwas in der Art. Schreiben Sie, dass die Aufbahrung nur morgen stattfindet. Die Familie wird anwesend sein. Sogar der Sohn, der danach für sehr lange Zeit ins Ausland reisen wird. Und verstecken Sie den Artikel nicht irgendwo im Innenteil. Alles hinter Seite fünf ist nicht akzeptabel.«

»Gut, ich habe alles notiert. Und was für eine Geschichte kriege ich dafür?«

»Die größte. Schönen Tag noch, Mademoiselle.«

Dann hatte er schon aufgelegt. Er wollte sich gerade wieder seinen Kollegen zuwenden, da hörte er eine Stimme vom Eingang des Großraumbüros her.

»Es hat gedauert, aber ich habe es, Maigret.«

Lacroix ging dem Gerichtsmediziner ein paar Schritte entgegen. »Docteur Obert. Schön, Sie zu sehen. Kommen Sie, gehen wir zu den anderen.«

Sie traten in sein Büro, das nun wirklich aus allen Nähten platzte. Der Commissaire wusste nicht, wann sich hier zuletzt fünf Leute versammelt hatten. Wahrscheinlich noch nie.

»Ah, das Orakel vom Train Bleu!« Paganelli grinste. »Sie haben uns aber einen Berg Arbeit beschert, Docteur.«

»Gut, dass Sie mal ranklotzen müssen, Adolphu«, gab Obert, der bis auf Lacroix fast jeden duzte, zurück. Wie immer schien er froh, seinen Keller verlassen und Zeit unter lebendigen Menschen verbringen zu können.

»Also, was war in der Spritze?«

»Ein Narkosemittel, Procain. Man kennt es vom Zahnarzt als Betäubungsmittel. Intravenös verabreicht wirkt es innerhalb von zwei Minuten. Ich weiß nicht, wie hoch die Dosis genau war, aber die Spritze fasste eine Menge, die ohne Frage tödlich gewesen wäre. An der Herzmuskulatur wirkt Procain inotrop, chronotrop und antiarrhythmisch und ...«

»Docteur«, mahnte Rio, »bitte, verständlich.«

»Verzeihen Sie«, sagte Obert. »Also: Man kann Menschen damit betäuben, aber hochdosiert lähmt es das Herz und – das war's.«

»Ist es nachweisbar?«

»Wenn man die Einstichstelle findet, könnte man draufkommen. Aber bei dem Stress, den Notärzte heutzutage haben, bezweifle ich, dass sie danach suchen würden. Der Mann sitzt auf seinem Platz im Zug, und alle denken, er schläft. Erst später fällt auf, dass er tot ist, und alle nehmen an, er habe einen Herzstillstand erlitten, vielleicht ein Herzfehler. Man bringt die Leiche in die Klinik und dann: Tja, Sie wissen ja, wie lange Sektionen manchmal dauern können. Dann liegt der Leichnam, wenn kein großer Verdacht besteht, erst mal drei Tage rum, und dann sind die Rückstände des Medikaments verschwunden. Wenn wir nicht gewusst hätten, dass es passieren würde, hätten wir wahrscheinlich nie erfahren, was sich zugetragen hat.«

»Na, gut, dass Sie uns vorher draufgebracht haben.«

»Ich weiß immer noch nicht, was ich sagen soll. Die ganze Geschichte ist ...«

»Wie kommt man an Procain?«

»Sehr einfach. Gibt's in jeder Apotheke. Auch Rauschgiftdealer kommen da dran. Keine große Sache.«

»Er hätte ihn einfach mit einem Messer ermorden können. Stattdessen inszeniert er alles. Einen Herzstillstand. Und einen Jagdunfall. Er ist wirklich gerissen. Sehr gerissen.«

27

Mein tief empfundenes Beileid, Monsieur Delacrue«, sagte Lacroix leise. »Es tut mir schrecklich leid, dass wir Sie ausgerechnet heute mit dieser Sache belasten müssen, aber ich denke, wir haben keine andere Wahl.«

»Machen Sie sich keine Gedanken, Commissaire«, sagte der junge Mann mit fester Stimme. »Wenn ich es richtig verstehe, wollen Sie mit mir als Köder den Hintermann der Anschläge nach Reims locken.«

»Wir werden Sie in jeder einzelnen Sekunde des Tages gut bewachen. Mit allen Kräften, die mir zur Verfügung stehen.«

»Mir reicht, ehrlich gesagt, wenn Capitaine Rio in meiner Nähe ist. Ich vertraue ihr vollkommen.«

»Das lässt sich einrichten. Dann mache ich Sie damit vertraut, was für diesen Tag vorgesehen ist?«

Sie standen zu zweit vor dem Herrenhaus. Die anderen Polizisten hatten sich in einiger Entfernung versammelt und warteten an den Polizeiautos.

»Der Leichnam Ihres Vaters wird in einer Stunde aus dem Bestattungshaus in Ay nach Reims überführt. Dort wird alles für die Aufbahrung vorbereitet. Am frühen Nachmittag beginnt die Zeremonie. Die Bürgermeister von Reims und Ay werden gegen sechzehn Uhr dreißig erwartet, ebenso wie alte Weggefährten Ihres Vaters. Dann kommen Sie dazu, und wir begleiten Sie in Zivil.

Wenn alles so abläuft, wie ich es vermute, dann wird sich der Täter irgendwann im Laufe der Zeremonie zeigen.«

»Eine schöne Umschreibung dafür, dass er versuchen wird, mich zu töten.«

»Dazu wird es nicht kommen.«

»Die offizielle Trauerfeier und die Beisetzung sind für übermorgen geplant.«

»Ich hoffe sehr, wir werden Sie dann nicht mehr behelligen müssen, sodass Sie den Abschied im kleinen Kreis begehen können.«

»Er war ganz sanft, als er gestorben ist.« Die Stimme des jungen Delacrue hatte sich plötzlich verändert, da war Rührung zu vernehmen. »Ich weiß nicht, ob ich ihn jemals zuvor so erlebt habe. Als hätte er sich für etwas entschuldigen wollen. Ich hab einfach nur seine Hand gehalten.«

»Er wird sie gespürt haben.«

»Ich will, dass dieser Albtraum endlich aufhört. Auch wenn Sie es mir nicht ansehen, ich habe nicht gut geschlafen heute Nacht.«

»Ich bete dafür, dass Ihr Wunsch in Erfüllung geht«, sagte Lacroix kaum hörbar.

28

Nein, er war nicht nur ein wichtiger Arbeitgeber, unser Monsieur Delacrue – und ich darf hier daran erinnern, dass dreißigtausend Arbeitsplätze in unserer Region vom Champagner abhängen und in der Lesezeit noch einmal hundertzwanzigtausend –, nein, Monsieur Delacrue war auch eine der letzten großen Legenden des Champagnerbaus, ein Winzer, wie es heute nur noch wenige gibt. Auch wenn ich natürlich hoffe, dass sein Sohn, unser Xavier, in diese sehr großen Fußstapfen tritt. Ich kannte Delacrue schon seit …«

Lacroix bemühte sich abzuschweifen, aber das war gar nicht so einfach, so mächtig wie die Stimme dieses Anzugträgers über den zugigen Vorplatz der Kathedrale dröhnte, mit dieser typischen Politiker-Verve aus Überbetonung und zu viel Pathos, die der Commissaire zutiefst verabscheute. Ein Grund mehr, warum er Dominique so bewunderte: Sie schaffte es immer, den richtigen Ton zu treffen, schwafelte als Bürgermeisterin nicht, sondern packte an. Der *maire* von Ay hingegen schien sich der Macht seines Amtes in diesem Moment nur allzu bewusst zu sein. Er trug die Schärpe in den französischen Nationalfarben, und seine Brust war geschwellt, als könnte er es immer noch nicht fassen, diese Laudatio ausgerechnet hier, in Reims, zu halten, einer viel größeren Stadt als der, die er regierte.

Der Himmel hatte sich am Mittag verdunkelt, und es hatte zu regnen begonnen – typisches Beerdigungs- und Champagne-Wetter. Dennoch waren, schätzte Lacroix, mehrere hundert Menschen gekommen. Sie drängten sich unter ihren Regenschirmen zusammen, ein schwarzes Meer aus Mänteln und Jacken, alle dem Pult zugeneigt, auf dem die Honoratioren standen. Xavier Delacrue hatte sich nicht zu ihnen gesellt, sondern stand in der ersten Zuschauerreihe, direkt neben ihm Rio, mit finsterer Miene, als wäre sie seine trauernde Schwester. Aurelie Lapalle stand, die Augen hinter einer dunklen Sonnenbrille verborgen, auf seiner anderen Seite und hielt seine Hand.

Es dauerte noch eine viel zu lange Weile, bis der *maire* all seine Begegnungen mit dem alten Delacrue nacherzählt und seinen Sermon endlich beendet hatte.

Lacroix ließ den Blick über die Menge schweifen, unter die sich auch ein paar Beamte in Zivil gemischt hatten.

Nun trat der Erzbischof von Reims in seiner Trauersoutane ans Pult und sagte feierlich: »Bitte, kommen Sie mit uns, und erweisen Sie dem verstorbenen Monsieur Delacrue die letzte Ehre. Ich bitte die Angehörigen voranzugehen.«

Aurelie schien Xavier mit sich ziehen zu müssen, dann griffen seine Beine, und er setzte sich in Bewegung. Rio blieb dicht hinter ihm, Lacroix folgte in der nächsten Menschentraube, um die Zielperson im Auge behalten zu können. Doch immer wieder drängte sich auch der Bürgermeister nah heran, als gelte es, auf jedem Pressefoto mit im Bild zu sein. Sie durchschritten das geöffnete Portal. Im Eingangsbereich verharrte die Gruppe, die

Leute bekreuzigten sich. Der Organist spielte ein getragenes Stück, das das Kirchenschiff ausfüllte und dem Commissaire eine Gänsehaut bescherte.

Den Mittelgang entlang schritten sie nach vorn, immer näher heran an das Zentrum aller Aufmerksamkeit: die Totenbahre vor dem Altar und unter dem würdevollen Kreuz. Darauf liegend der Leichnam, aus dessen Zügen alles Leben und alles Leid gewichen war. Lacroix trat noch dichter heran. Die wächsernen Züge des alten Delacrue wirkten friedlich, würdevoll, gleichmütig. Er war in einen dunklen Anzug gekleidet.

Xavier hielt vor seinem Vater inne, er löste sich von Aurelies Hand, beugte sich vor und betrachtete das Gesicht. Er nahm sich viel Zeit. Schließlich kniete er nieder und senkte den Kopf. Sein Rücken hob und senkte sich, als durchlaufe ein Beben sein Inneres. Lacroix beobachtete den trauernden Sohn voller Rührung. Nach Minuten, in denen niemand einen Mucks von sich gab, kam Xavier wieder auf die Füße, wandte sich um und nickte der Trauergemeinde zu, ein stiller Dank für die Anteilnahme. Dann gab er Aurelie die Gelegenheit, sich zu verabschieden, bevor die beiden langsam und still, gefolgt von Rio, den Seitengang entlangschritten und sich in eine der vorderen Reihen setzten.

Auch der Commissaire verbeugte sich vor dem Leichnam und suchte sich dann einen Platz in der Sitzreihe hinter den Delacrues. Es war eine lange Prozession durch die Kathedrale, offenbar hatten sich draußen noch Hunderte Bürger aus Reims angeschlossen, sodass es über eine Stunde dauerte, bis jeder sich verabschiedet hatte. Immer wieder sah Lacroix, wie Männer und Frauen den

Blick rasch abwandten, wenn sie direkt vor dem Leichnam standen. Es war keine Selbstverständlichkeit für die Menschen, einem Toten so nah zu kommen, in einer Welt, die den Tod in ferne und abgeschlossene Räume verbannt hatte. Um den Altar wogte ein Meer aus Blumen.

Immer wieder schweifte Lacroix' Blick über die Schlange und durch die Kirchenbänke. Er suchte nach demjenigen, der nicht wegen des Toten hier war, sondern wegen seines Sohnes. Ein Mann, Mitte vierzig, mit dunklem Haar, massiv, stämmig. Doch es schien zu viele Männer dieses Alters in der Champagne zu geben, kräftige Männer, gestählt von der Arbeit in den Reben, massig vom vielen guten Essen. Und alle hatten neben Blicken auf den Leichnam immer auch Blicke für den Sohn übrig, schließlich war der Trauernde, der da so würdevoll in seiner Reihe saß, der mächtige Erbe der Maison Delacrue.

Nach langer Zeit veränderte sich endlich der Rhythmus der Musik. Der Organist schlug mächtig in die Tasten, und zeitgleich erklangen die Glocken. Das Gemurmel erstarb, und die Kathedrale kam zur Ruhe. Wieder war es der Erzbischof, der nach vorn trat und mit der Gemeinde sang. Dann folgte die Predigt, eine kurze Würdigung des Mannes, sehr viel erträglicher als die salbungsvollen Worte des Bürgermeisters vorhin. Lacroix saß ruhig da, aber er spürte die Anspannung in jedem Muskel seines Körpers. Immer wieder sah er sich vorsichtig um, genau wie Rio. Sie wussten nicht, aus welcher Richtung die Gefahr drohte – und welche Art der Gefahr es genau war. Das machte ihn nervös. Eine so voll besetzte Kirche war einfach nicht lückenlos zu überwachen.

»So legen wir die Seele unseres verstorbenen Monsieur

Delacrue in die Hände unseres Herrn und werden ihn in den nächsten Tagen zu seiner Ruhe betten. Zu diesem Anlass treten wir zusammen auf dem Friedhof von Ay. Es segne und behüte euch der allmächtige und barmherzige Gott, der Vater, der Sohn und der Heilige Geist. Gehet hin in Frieden.«

Die Gemeinde erhob sich, und der Priester durchschritt den Mittelgang, gefolgt von Xavier und Aurelie. Wieder waren die Bürgermeister von Ay und Reims ihnen dicht auf den Fersen, wieder reihten sich die anderen Gäste ein.

Vor der Kirche regnete es nun noch stärker, dennoch postierten sich der junge Delacrue und seine Freundin am Portal, sodass alle Anwesenden ihnen noch mal die Hand schütteln und ihr Beileid aussprechen konnten. Eine weitere langwierige Prozedur. Lacroix beobachtete Rio, die nicht von Delacrues Seite wich, jeden Herantretenden mit ihren Blicken vermaß, die Hand immer in der Hosentasche, wo ihre Waffe griffbereit steckte. Paganelli streifte unterdessen unter den Wartenden umher, war mal hier, mal dort. Er war ein Meister darin, sich zu verbergen. Oft wusste nicht einmal Lacroix, wo er gerade war.

»Es tut mir sehr leid«, sagte eine alte Frau.

»Er war so ein feiner Mensch«, fügte ihr Gatte hinzu.

Für jeden hatte Xavier ein Lächeln übrig, ein freundliches »*Merci beaucoup*«, eine sanfte Geste. Der alten Frau legte er eine Hand an die Wange, als sie zu weinen begann.

»Wenn Sie etwas brauchen, melden Sie sich«, sagte ein Mann im dunklen Anzug, der das Emblem eines großen Champagnerhauses trug.

Wahrscheinlich, dachte Lacroix, kreisten die Geier schon jetzt über der alten Maison Delacrue, die noch in

Familienbesitz war. Alle warteten nur darauf, dass der junge Mann scheitern würde und sie sich einen weiteren gewinnträchtigen Besitz unter den Nagel reißen konnten. Aber so, wie er Xavier Delacrue einschätzte, war der gewitzt genug, um sich in dieser hart umkämpften Branche durchzusetzen.

Inzwischen war ein mächtiger Wind aufgekommen. Zwei Schirme hatten schon dran glauben müssen, und das Gesicht des Commissaire war mittlerweile klitschnass, weil der Regen fast waagrecht über den Platz peitschte. Deswegen atmete er erleichtert auf, als das Ende der Schlange langsam absehbar wurde.

Er trat ein wenig näher an Rio heran.

»Er zeigt sich nicht«, flüsterte sie. »Was machen wir? Vielleicht war doch alles ein Irrtum?«

»Warten wir ab«, antwortete Lacroix. »Noch sind wir hier.«

Xavier schüttelte den letzten Damen die Hand, dann sah er Lacroix fragend an.

»Was haben Sie nun geplant?«

»Ein Abendessen im liebsten Restaurant meines Vaters. Er hat dort immer den Champagne-Schinken bestellt. Es sind nur ein paar Schritte, dort drüben hinter der Opéra. Das Café du Palais.«

»Gut, wir begleiten Sie.«

»Meinen Sie, er kommt noch?«

Lacroix zuckte mit den Schultern. Was, wenn Rio recht hatte? Wenn sie sich täuschten? Vielleicht hatte der Unbekannte einfach aufgegeben? Oder er war ihnen einen Schritt voraus und hatte einen neuen Plan ausgeheckt? Hatten sie etwas übersehen?

Sie machten sich auf den Weg. Einige Winzer aus Ay hatten sich der Familie angeschlossen, so war es ein gutes Dutzend Menschen, das über die kleine Straße am alten Opernhaus ging und dann auf die Rue de Vesle trat, von der aus man nach rechts freien Blick auf die Place Royale mit der Statue von Louis xv hatte.

Kurz mussten sie auf dem Gehsteig warten, weil eine Straßenbahn heransurrte, so leise, dass sie kaum zu hören war. Von drüben leuchtete schon die rote Markise des alten Cafés zu ihnen herüber.

Lacroix schaute zu der Bahn hoch, sah das konzentrierte Gesicht des blutjungen Fahrers – und dann, wie sich dessen Augen weiteten, seine Züge zu einer furchtsamen Grimasse verzogen. Er verstand, hörte im selben Moment die Bremsen quietschen und brauchte dennoch eine Sekunde, um den Kopf zu wenden, in Richtung von Rios Schrei, die sich über Xavier gestürzt hatte, schon wieder. Er lag genau auf den Schienen, sie riss ihn hoch und dann weg, nur weg, aber da lag plötzlich noch ein anderer Mann auf den Gleisen, groß, mächtig, stämmig, sein Kopf nicht mehr weit von den Vorderrädern der Bahn entfernt, die immer noch schnell war, er schloss die Augen, sah ergeben aus, doch diesmal war Paganelli es, der sich dazwischenwarf, mit diesem entschlossenen Blick, er zog den Mann auf die andere Seite, rollte ihn gleichsam, doch dann war die Bahn da, und es knallte einmal dumpf. Dann waren die Körper verschwunden. Lacroix spürte die Angst in sich emporkriechen, die Bahn verwehrte ihm den Blick, sie war schlussendlich zum Halten gekommen. Der Commissaire sah Blut auf den Gleisen. Endlich rannte er los, hinten um die Bahn herum, und da waren sie, ein Knäuel auf dem Pflaster: Paganelli saß auf dem Mann, hielt ihn fest, der wiederum hielt sich den Kopf, an dem eine üble Platzwunde klaffte. Wahrscheinlich war er mit dem Kopf gegen die Bahn geknallt. Gleich daneben stand Rio mit Xavier, der sich die dunkle Hose abklopfte und verwundert auf den Mann herabschaute, den er augenscheinlich nicht erkannte.

Lacroix lief zu ihm herüber und fragte: »Wie geht es Ihnen?«

»Alles gut, dank Ihrer Kollegin, schon wieder.«

»Alles gut, Capitaine?«

Rio nickte. Dann ging Lacroix zu dem Mann, der sich gerade mühsam hochrappelte, während Paganelli seine Handgelenke festhielt.

Leise sagte der Commissaire: »Sie sind verhaftet, Monsieur Bidart. Wegen versuchten Mordes und Anstiftung **zum Mord in** zwei Fällen. Gehen wir.«

29

Der Zug fuhr ein. Die Umstehenden am Bahnsteig beäugten sie neugierig. Es war die vorletzte Verbindung des Tages, deshalb war der Schnellzug in die Hauptstadt fast ausgebucht. Sie boten aber auch ein zu merkwürdiges Bild: vier Polizisten in Zivil, die einen stämmigen Mann in Handschellen umringten.

Der TGV kam mit quietschenden Bremsen zum Stehen. Sie stiegen ein und in den oberen Stock hinauf, wo die Bahnpolizei ihnen ein halbes Abteil reserviert hatte. Zwei Uniformierte bewachten den Zugang zum Oberdeck.

Rose und Lacroix setzten sich nebeneinander an einen Vierertisch, und der Korse bedeutete Bertrand Bidart, ihnen gegenüber Platz zu nehmen. Die Handschellen nahm er auf Lacroix' Bitte hin ab. Wohin sollte der Mann auch fliehen? Es waren zu viele Beamte an Bord, und bis zur Gare de l'Est war kein Halt vorgesehen.

Die Türen zischten, und der Zug fuhr an, aus dem Bahnhof hinaus und hinein in die schon im Dämmerlicht liegende Landschaft. Über den Feldern zu ihrer Rechten ging die Sonne, die sich zum Abend hin doch noch gezeigt hatte, unter. Die sanfte Hügellandschaft warf nun ein langgezogenes, groteskes Schattenbild. Der TGV schien förmlich zu fliegen, und gab dabei keinen Laut von sich. Als Lacroix sich zehn Minuten später umschaute, war Rose tief eingeschlafen, ihr Mund stand offen. Bidart sah aus dem Fenster. Die Sanitäter hatten die Wunde des Mannes nicht gut verbunden, das Pflaster an seiner Stirn färbte sich schon wieder rot. Doch er ließ sich nichts anmerken. Er saß so aufrecht und selbstbewusst auf seinem Platz, als hätte er die Polizisten persönlich eingeladen.

»Sie sind ein Phänomen«, sagte Lacroix leise, und sein Blick ruhte fest auf dem Mann, »das alles hier macht Ihnen nichts aus, oder? Dass Sie nun nach Fleury-Mérogis gehen werden? Für sehr lange Zeit?«

Bertrand Bidart drückte den Knopf an seiner Armstütze, und der Sitz neigte sich ein Stück zurück, sodass er den Kopf bequem anlehnen konnte.

»Ach, Commissaire, erst mal wird es ja einen Prozess geben. Ich kann mir sehr gute Anwälte leisten. Es gibt doch diesen großen Dicken mit der dröhnenden Stimme, der die Polizisten im Saal immer mit seinen Plädoyers zum Weinen bringt, vielleicht engagiere ich den. Und falls es doch schiefgeht: Wissen Sie, wie viele Freunde ich in Mérogis habe? Die freuen sich, wenn ich mal vorbeikomme. Die haben mir viel zu verdanken. Ich werde da leben wie ein König, und ich muss nicht mehr ständig auf der Hut sein. Außerdem ...«, er hob den Kopf wieder, »ich habe jetzt ja nichts anderes mehr vor, habe alle meine Pläne aufgegeben. Ich werde bleiben, was mir in die Wiege gelegt wurde: ein Verbrecher.«

»War das der Grund, warum Sie das alles getan haben? Weil Sie die Seite wechseln wollten?«

»Haben Sie Zeit, Commissaire? Es ist eine lange Geschichte. Im Gefängnis werden sie nicht viele Leute nachvollziehen können. Weil die nie vor der Wahl standen. Aber vielleicht verstehen Sie mich.«

»Versuchen Sie es. Wir haben noch fast die ganze Fahrt vor uns.«

Also lehnte Bertrand Bidart seinen lädierten Kopf gegen die Fensterscheibe und begann mit seiner tiefen Stimme seine Geschichte zu erzählen.

30

Meine Mutter war eine besondere Frau. Ich weiß das, weil mir Menschen, die sie früher kannten, von ihrem jüngeren Selbst erzählt haben. Bevor sie … ja, zerbrochen ist. Fast ihr ganzes Leben lang war sie stark und hoffnungsvoll. Als hätte sie darauf gewartet – nein, als hätte sie erwartet, dass sich ihr Leben eines Tages von Grund auf ändern würde. Sie wurde in eine sehr arme Familie von Landarbeitern hineingeboren, nicht weit entfernt von Ay, nördlich von Reims nämlich, in Warmeriville. Dort gab es nur ein bisschen Industrie, Zucker zum Beispiel, ansonsten waren da nur Felder, und auf denen schufteten ihre Eltern jeden Tag von früh bis spät. Sie hatte viele Geschwister, die alle in der Landwirtschaft arbeiteten. Ein Dreivierteljahr daheim in der Marne und im Herbst dann in der Champagne, wo sie den Winzern halfen, die Trauben zu lesen und den Schaumwein anzusetzen. Es war ein hartes Brot. Sie haben wenig verdient, so wie die Erntehelfer noch heute wenig verdienen. Ich habe gehört, dass nicht einmal die Polen das heutzutage mehr machen wollen, weil es daheim mehr zu holen gibt. Jetzt kommen die Rumänen, die Bulgaren. Früher war das anders, da haben die ärmsten Franzosen diese Arbeit gemacht, und vielleicht noch ein paar Roma.

Joëlle, so hieß meine Mutter, war aber anders. Sie wollte die schwieligen Hände und die harte Miene ihrer

Mutter nicht erben. Sie wollte nicht dem Schnaps verfallen, den hier alle tranken – ein selbstgebranntes Gesöff, das zuerst den Glanz in den Augen auslöschte, dir dann die Sprache raubte und schlussendlich irgendwann die Seele. Also entschloss sie sich, nach Paris zu gehen. Sie war nicht hübsch im eigentlichen Sinne, aber sie hatte etwas Anziehendes, etwas, das schon die Männer daheim verrückt gemacht hatte. Es fällt mir schwer, als ihr Sohn darüber zu sprechen, aber ich habe irgendwann verstanden, was ihren Reiz ausgemacht hat: Sie war ein Licht in dunkler Nacht. Jeder spürte, dass sie es nie leicht gehabt hatte, und dennoch hielt sie den Kopf hoch erhoben und den Rücken gerade und hatte ein freundliches Wort für alle übrig. Nie beklagte sie sich, immer glaubte sie daran, dass es aufwärts gehen würde. In Paris arbeitete sie erst als Kellnerin, aber dann erfuhr sie sehr schnell, wo sie mehr verdienen konnte. Sie baute sich oben bei Pigalle ihr Netzwerk auf, war von niemandem abhängig, zahlte ein wenig Miete und konnte endlich anfangen, Geld zu sparen, sogar ihrer Familie schickte sie etwas. Es waren raue Zeiten oben in Montmartre, aber sie vermochte sich schnell einen Kundenstamm aufzubauen, Männer, denen sie vertraute und die ihr vertrauten. Deshalb lief sie nicht Gefahr, geschlagen oder versklavt zu werden. Das war von unschätzbarem Vorteil.

Sie nahm nur selten neue Kundschaft an, weil sie gut gebucht war und ihre freie Zeit nutzte, um die Stadt zu entdecken. Sie liebte Kunst und Kultur, besuchte Museen und saß in den schönen Cafés *rive gauche*, trank Tee, las ein Buch und beobachtete die Flaneure. Sie lernte das Leben kennen, von dem sie sicher war, dass sie es eines

Tages gänzlich führen würde. Hier war sie so weit weg von ihrer Familie und ihrer Vergangenheit, wie es überhaupt nur möglich war.

Doch eines Tages gab sie doch einem neuen Kunden eine Chance. Ein interessanter Mann, den sie in der Nachtbar traf, über der sie ein Zimmer angemietet hatte. Er kam aus der Champagne, die gemeinsame Herkunft verband sie, auch wenn sie aus völlig unterschiedlichen Klassen stammten. Sie redeten, flirteten, sie fand ihn interessant, attraktiv, gefühlvoll. Sie gingen miteinander auf ihr Zimmer. Zuerst war er für sie nur Arbeit. Ein Job. Ein neuer Kunde. Doch er wollte mehr. Er besuchte sie immer wieder, gestand ihr seine Gefühle, drängte sie dazu, auch ihm ihre Gefühle zu offenbaren. Er hatte sich in meine Mutter verliebt. Fortan kam er mindestens einmal pro Woche, und auch ihr Interesse und ihre Zuneigung wuchsen. Sie spürte, dass er es ernst meinte. Und irgendwann begann sie zu glauben, dass er der Mann sein könnte, der ihr Leben verändern würde.

Doch sie prüfte ihn lange, eine halbe Ewigkeit, bis sie sich sicher war. Er hatte ihr ewige Liebe geschworen. Irgendwann willigte sie ein, mit ihm zusammen zu sein. Er hielt sie aus, sie legte eine Pause auf der Arbeit ein. Sie passten nicht mehr auf. Er sei wahrscheinlich sowieso impotent, behauptete er. Und dann wurde sie ein paar Wochen später schwanger. Sie hatte inzwischen ihr Zimmer aufgegeben und dem Etablissement mitgeteilt, dass sie fortan seriös sein und nicht mehr anschaffen wollte.

Als sie ihm von dem Baby erzählte, reagierte er merkwürdig. Sie dachte sich nichts dabei. Aber dann rief er sie nicht mehr an. Schrieb ihr nicht mehr. Besuchte sie nicht mehr. Nach drei Wochen fuhr sie zu ihm. Sie packte alles ein, was sie brauchen würde, um bei ihm einzuziehen. Es passte in ihren kleinen Koffer. Er fing sie vor dem Herrenhaus ab. Später hat sie mir erzählt, es sei das Haus gewesen, das sie in ihren Träumen von einem besseren Leben immer vor sich gesehen habe: wilder Wein auf altem Mauerwerk. Der Wein war nicht mehr da, als ich diesen Mistkerl besucht habe. Damals aber, als sie vor der Tür stand, da überrankte er noch alles. Sie hat es mir genau beschrieben: wie er aus der Tür trat, der Mann, der so lange um ihre Liebe gebettelt hatte. Der Mann, der ihr ihre gemeinsame Zukunft in den schönsten Farben beschrieben hatte. Der Mann, der von ihrer Leidenschaft geschwärmt hatte, von ihrer Fähigkeit zu fühlen und zu empfangen. Und dieser Mann war plötzlich kalt wie ein Eisblock. Seine Ablehnung beruhte nur auf der Angst vor gesellschaftlicher Abwertung, er schaffte es nicht einmal, sie richtig anzusehen. Sie erkannte ihn nicht wieder und konnte nicht glauben, dass sie sich so getäuscht hatte – in diesem Moment zerbrach all ihre Hoffnung. Die Hoffnung, dass es jemals anders werden würde. Das war alles weg. Sie ging davon, stieg in den Zug und fuhr zurück nach Paris. Sie behielt das Baby in ihrem Bauch. Aber sie arbeitete wieder. Eine neue Anstellung in einem guten Etablissement fand sie nicht. Sie war älter geworden, ihre Augen sprühten nicht mehr – und sie war schwanger. Sie schaffte an wie die Ausländerinnen, auf der Straße, für wenig Geld, für brutale Kunden. Dass ich dennoch zur Welt kam, grenzte an ein Wunder.

Wir lebten in einer winzigen Wohnung in der Avenue Trudaine. Ein Zimmer, ein Gaskocher, Bad auf dem Flur.

Nur kaltes Wasser. Sie arbeitete nachts, tagsüber kümmerte sie sich um mich. Sie war nicht müde, sie war tot. Mit vier Jahren wusste ich, was ich werden wollte: reich. Ich wollte reich sein, und das aus einem einzigen Grund: damit meine Mutter nicht mehr arbeiten musste. Ich sah ihre blauen Flecke, wenn wir gemeinsam in der öffentlichen Badeanstalt badeten. Ich begriff, dass die anderen Frauen keine blauen Flecken hatten. Ich kam in die Kinderkrippe, ich ging in die Schule. Ich war fleißig, ich lernte und war dennoch immer das schwarze Schaf. Ich log über die Arbeit meiner Mutter. Als ich zwölf war, begann ich, mich gegen sie aufzulehnen. Aber diese Phase dauerte nur kurz, weil sie zu lieb, zu gütig, zu bedauernswert war. Ich liebte sie wie keinen anderen Menschen auf der Welt. Ich lernte die Unterwelt kennen. Ich fing mit Botengängen an. Dann begann ich zu dealen. Ich wurde groß und stark. Ich bewachte die Türen der Clubs. Ich verdiente Geld. Ich konnte dafür sorgen, dass meine Mutter von der Straße kam. Wenn ich nachts arbeitete, blieb sie in der Wohnung. Ich ließ sie in eine größere Wohnung umziehen. Doch ihr Esprit wollte nicht wiederkommen. Ich habe sie nie lachen sehen, können Sie sich das vorstellen? Nie. Sie begann zu trinken. Sie musste die Schande ihres Lebens zu vergessen versuchen. Im selben Maße, in dem ich an Größe gewann, verschwand sie. Langsam, aber sicher. Ich lernte die wichtigsten Männer des Viertels kennen. Sie gaben mir größere Aufträge. Sie übertrugen mir ihre Geschäfte. Irgendwann suchte ich mir Verbündete, bekämpfte die Clanbosse, bis ich selbst einer wurde. Damals war das noch möglich. Die alten Männer hatten keinen Saft mehr, keinen Willen, sie waren satt. Ich aber kannte keine Regeln, und ich war hungrig. Ich war eiskalt und sehr brutal. So wie die Libanesen heute.

Ich wurde so reich und bekannt, dass ich entschied, mich zurückzuziehen, um mich zu schützen. Ich korrumpierte Leute in der Stadtverwaltung mit so viel Geld, dass die gar nicht anders konnten, als meine Person verschwinden zu lassen und mir eine neue Identität zu besorgen. Ich zog ständig um. Trat bei meinen Geschäften nicht mehr in Erscheinung. Bis heute habe ich für alles meine Leute. Ich war mehr berüchtigt als berühmt.

Ich besuchte meine Mutter kaum noch, weil ich den Geruch in ihrer Wohnung nicht aushielt – und ihre permanente Traurigkeit.

Irgendwann sagte ich zu ihr: ›Ich habe doch geschafft, was du immer wolltest. Ich bin reich – und damit bist auch du reich. Du kannst ein gutes Leben führen. Nun hör doch mit dem Trinken auf.‹

Da schrie sie mich an: ›Nein, das ist nicht, was ich wollte. Du hast erreicht, was ich immer gefürchtet habe. Du bist ein Verbrecher geworden, ein gewöhnlicher und brutaler Verbrecher. Du verkaufst Drogen an Kinder, schickst Frauen auf den Strich, kassierst den Wirten Geld ab oder lässt ihre Schaufenster zertrümmern oder Beine brechen. Ich bin ins Bordell gegangen, damit du genau diese Dinge nicht tun musst. Damit du ein ehrbarer Mann werden kannst, weil ich dir dafür den Weg geebnet habe. Du solltest die Maison de Champagne erben, von dem Mann, der dich gezeugt hat.‹

Das brüllte sie mir entgegen, und so habe ich an dem Tag zum ersten Mal erfahren, wer mein Vater war. Es sprudelte richtig aus ihr heraus. Alles, die ganze Geschichte.

Vorher hatte ich nie danach gefragt, weil ich gewusst hatte, dass ich den Mann hassen und ihn töten würde. Ich wollte mich gleich auf die Suche nach ihm machen, aber dann ging es innerhalb weniger Tage bergab mit ihr. Sie baute ab – als hätte sie nur darauf gewartet, mir die Wahrheit zu gestehen. Sie starb einige Wochen später im Krankenhaus. Leberzirrhose, Organversagen. Nach ihrer Beerdigung fuhr ich sofort in die Champagne. Erst fand ich das Herrenhaus. Dann informierte ich mich über den Besitz, sprach mit Menschen in Cafés, erfuhr alles über Champagner. Ich begriff, was sie hätte erreichen können. ›Ehrbarer Mann.‹ Diese Worte schrillten in meinen Ohren. Das war es, was ich wollte.

Eines Tages klingelte ich an der Tür. Eine Krankenschwester öffnete mir und führte mich zu dem Mann. Meinem Vater. Er war schwerkrank. Es war wie eine Ironie des Schicksals. Er schien sehr zu leiden, große Schmerzen zu haben. Aber als er mich sah, erkannte er mich gleich, ohne mich je zuvor gesehen zu haben. Mir war, als würde er begreifen, was er getan hatte. Als würde ihm offenbar, dass ich sein Kind war, sein richtiges Kind, ein Kind der Liebe. All das geschah in zwei oder drei sprachlosen Minuten. Dann sagte er, dass ich sein Haus verlassen solle. Es sei zu spät, er könne nichts mehr für mich tun. Meine Mutter habe einen Fehler gemacht, damals. Mich zu bekommen, ein Fehler, verstehen Sie? In dem Moment stand mein Entschluss fest. Ich habe mich ganz nah zu ihm herabgebeugt und ihm gesagt: ›Hören Sie, Monsieur Delacrue, ich bin ein gefährlicher Mann, ein gefährlicherer Mann, als Ihnen je zuvor einer begegnet ist. Ein Mann, der sein Ziel ausmacht und es vernichtet. Und nun wären eigentlich Sie mein Ziel, aber das Schicksal ist ja schon auf dem besten Weg, Sie zu vernichten. Und deshalb werde ich mir ein anderes Ziel suchen. Ich werde Sie zerstören – und alles, was Sie lieben. Vater. Vater.‹

So bleich war er, dass ich meinte, er würde in diesem Moment den Löffel abgeben.

Ich sah die Angst und die Wut in seinen Augen, diese Hilflosigkeit, weil er wusste, dass er nichts tun konnte. Er war ein Schlappschwanz. Er hatte meine Mutter nicht akzeptieren können, weil er Angst hatte, *was die Leute über ihn sagen würden*. Ich wusste, jetzt würde er seine letzten Tage nicht mehr nur mit der Angst vor dem Tod zubringen, sondern auch mit der Angst vor mir. Das war mir erst mal genug. Ich ging, ohne mich noch einmal umzuschauen.

Ich dachte in dieser Sekunde, der alte Delacrue sei nur mein genetischer Vater und wir hätten ansonsten nichts gemein. Doch als ich zurückfuhr, in meinem deutschen Sportwagen, und in Paris ankam, betrachtete ich meine Welt auf einmal mit anderen Augen. Ich machte meine Runde durch die Nachtclubs, die mir gehörten, traf meine Angestellten, machte Abrechnungen und zählte die Einnahmen – und alles kam mir auf einmal so schmuddelig vor und so sinnlos wie eine stete Einbahnstraße, die irgendwann zur Sackgasse werden musste und mich direkt ins Gefängnis bringen würde – oder auf den Friedhof. Ich schämte mich für das, was ich mir aufgebaut hatte. So ging das tagelang: Mein Imperium widerte mich an, all dieser Schmutz, die Gewalt, die leeren Augen der Frauen, die für mich anschafften. Und die Angst. Alle hatten Angst vor mir. Nie hatte ich das so deutlich gespürt. Nachts lag ich wach, und die Scham ergriff Besitz von mir. So entstand mein Plan: Ich wollte dem allem entkommen. Dem Sumpf von Paris. Eine zweite Chance schien sich mir zu bieten, endlich ein ehrbares, anständiges Leben zu führen. So wie sie sich damals meiner Mutter geboten hatte. Doch anders als sie wollte ich nicht nur vertrauen und damit letztlich scheitern. Ich wollte die Dinge selbst in die Hand nehmen.

Ich wusste alles über die Familie Delacrue, hatte alle verfügbaren Informationen über sie gesammelt. Hier in der Champagne zu recherchieren war einfacher, einerseits, weil mich niemand kannte, andererseits, weil so eine Kleinstadt ein großer Marktplatz der Neuigkeiten ist. Aber ich musste dennoch aufpassen: Zu viele Fragen in derselben Bar und die Menschen wurden misstrauisch.

In Paris hingegen war ich dann wieder auf vertrautem Terrain: Ich hatte erfahren, dass Xavier immer am Wochenende in der Stadt war, bei seiner Freundin. Dass die nun ausgerechnet *rive droite* wohnte, machte es noch leichter. Ich konnte meine Leute schicken, um sie zu observieren. Ich wusste alles über den Jungen, über sein Leben in der Stadt, wo sie zusammen aßen, wann sie miteinander turtelten, alles. Es wäre ein Leichtes gewesen, ihn irgendwo in Paris wegzupusten.

Aber jetzt komme ich zum Punkt: Genau das wollte ich ja nicht. Ich wollte mein neues Leben nicht so beginnen, wie ich mein altes geführt hatte. Ich wollte raus aus der Gosse, aus dem Verbrechen.

Klar, das Ergebnis war unausweichlich: Xavier musste sterben – und zwar, solange sein Vater noch lebte. Damit ich das Erbe antreten konnte. Ich, der rechtmäßige Sohn.

Deshalb musste Xavier so sterben, dass hinterher niemand Fragen stellen würde.

Ein Tod im Zug, einfach so, ein plötzlicher Herzstillstand, das war zwar ein wenig merkwürdig, aber wenn man keine Spuren fände, würde die Sache keine langen polizeilichen Ermittlungen nach sich ziehen.

Ich habe den Portugiesen bis vor ein paar Jahren immer wieder beauftragt. Irgendwann wollte er zurück in die Heimat. Das war meine Chance. Ich durfte nicht mit Leuten aus Paris arbeiten – die Spur wäre immer zu mir zurückverfolgt worden. Außerdem hätte sich dann die Neuigkeit verbreitet, dass ich mein Leben ändern wolle, Paris hinter mir lassen würde. Es wäre gefährlich geworden, wenn sie mich aufgespürt hätten, um alte Rechnungen zu begleichen. Deshalb habe ich den Portugiesen kommen lassen. Für einen letzten, gleichsam den wichtigsten Auftrag.

Dass er so eingerostet ist, damit hatten wohl weder er noch ich gerechnet.

Dass es beim ersten Mal nicht klappte, war kein großes Problem. Wir hatten vorgesorgt: Ich fuhr mit dem Auto die Strecke hinter dem Zug her. Als er mich anrief, fuhr ich schnell in dieses Kaff, wo er sich versteckt hielt, und gabelte ihn auf. Ich brachte ihn nach Ay. Das Jagdgewehr lag schon im Kofferraum. Er stieg aus, ohne Papiere und Handy. Der Jagdunfall war Plan B. Aber wieder ging es schief. Wegen Ihnen, Commissaire?«

Lacroix erwiderte nichts.

»Jedenfalls hatten Sie ihn dann auch noch in Ihrer Hand, den Portugiesen. Ich wusste dennoch, dass er nichts sagen würde. Er ist loyal wie ein Wachhund. Er hätte mich nie verraten. Außerdem hatte er noch nichts getan, was sein Leben in einem französischen Gefängnis beendet hätte. Zwei Jahre Knast sind für einen Mann wie ihn so was wie Urlaub. Er hat sechs Kinder, da sehnt er sich nach Ruhe.

Ich musste es also wirklich allein machen. Und zwar so, dass es wie ein Unfall aussehen würde. Die Zeit drängte. Die Aufbahrung. Ich las in der Zeitung davon. Ich wusste, dass irgendetwas daran komisch war. Warum sollte eine Pariser Zeitung darüber berichten? Andererseits war mein Vater eben eine ehrbare Größe im Geschäft. Das wollte ich auch: dass sie bei meiner Beerdigung eines fernen Tages eine Lobhudelei über mich verfassen würden, über mich als Hüter des Champagners und der französischen Tradition.

Deshalb verdrängte ich mein Bauchgefühl. Es war, als hätte der Wunsch, mein Leben zu verändern, all meine Vorsicht verdrängt. So lange hatte ich so gut aufgepasst, und nun, wo ich endlich aufhören wollte, Verbrechen zu begehen, habe ich es verpatzt.

Die Straßenbahn von Reims war mir schon früh in den Sinn gekommen. Ich habe gedacht, sie könnte eine gute Möglichkeit sein. Die letzte Chance, Xavier zu töten und mich zum Erben der Maison Delacrue zu machen. Ein Leben als einflussreicher Mann zu führen, als Landwirt, als Winzer. Sogar als Ehemann stellte ich mir mich vor. Vielleicht hätte ich eine gute Frau aus der Kleinstadt gefunden, vielleicht hätte sie mir noch Kinder geschenkt.

Ich hätte meiner Mutter an ihrem Grab gern gesagt, dass ich es geschafft hätte, dass ich vollendet hätte, was sie begonnen hatte, dass ich ihrer Hoffnung gerecht geworden bin. Und dass ich ihr das alles verdanke.

Nun bleibt es eben, wie es war.

Ich bleibe, wer ich bin.

Schade, nicht wahr, Commissaire?«

31

Liebe Capitaine Rio, lieber Commissaire Lacroix,
Ich möchte mich für Ihre großartige Arbeit be-
danken. Sie haben diesen Fall wegen eines winzigen
Hinweises verfolgt, und Sie haben mir dreimal das Le-
ben gerettet – sogar unter Einsatz Ihres eigenen Lebens.

Es wäre zu schade gewesen, wenn mir meine Zukunft
in der Champagne genommen worden wäre.

Ich freue mich sehr auf die Arbeit in meinem Eltern-
haus – und werde meine Freundin schon im nächsten
Frühjahr zur Frau nehmen.

Ich weiß, es gibt neue Gesetze zur Bestechung von
Polizeibeamten, aber bei Lebensmitteln gibt es ja spe-
zielle Regeln. Und Champagner ist nicht weniger als
ein Lebensmittel.

Ich erlaube mir daher, Ihnen sechs Flaschen unseres
Maison-Delacrue-Champagners zukommen zu lassen.
Er ist aus dem letzten Jahrgang meines Vaters. Zu den
hohen Festtagen werden Sie fortan immer das gleiche Pa-
ket erhalten. Damit bin ich wohl offizieller Lieferant der
Polizei von Paris. Docteur Obert hat von mir übrigens
dasselbe Paket erhalten, Sie müssen ihn nicht bedenken.
Ich danke Ihnen. Für alles ...

Sehr herzlich & à votre santé
Xavier Delacrue

»Ein Bote hat das Paket mit dem Brief eben kurz vor Feierabend hier abgeliefert«, erklärte Lacroix.

»Müssen wir den angeben, den Champagner, Commissaire? Beim Polizeichef, meine ich?« Der Korse schaute konsterniert.

»Wir dürfen alles annehmen, was man an einem Tag verzehren kann. Und sechs Flaschen für sechs Personen, das sollte doch kein Problem sein«, sagte Lacroix trocken.

»Sechs? Wir sind doch nur zu dritt.«

»Na, die Empfangsdame im Museum und den Uniformierten unten an der Wache sollten wir doch auch bedenken. Genau wie die Kollegin von der Bahnpolizei. Und somit«, er lächelte, »muss hiervon niemand erfahren. In diesem Sinne: schönen Abend, Kollegen.«

Kaum hatte er das Commissariat verlassen, steckte Lacroix sich schon seine Pfeife an. Er wählte den Weg direkt über den Boulevard und durch die engen Gassen hinüber zum Quai Montebello. Es war ein warmer Abend, einer der letzten warmen Abende, *Météo France* hatte für die nächsten Tage eine Kaltfront aus Westen angekündigt, die die Temperaturen empfindlich würde abstürzen lassen. Deshalb zog er den Mantel aus und ging an den Buchhändlern am Fluss vorbei die Seine immer westwärts entlang, stieg dann hinter der Spitze der Île de la Cité die Treppen hinab und spazierte unten an der Wasserkante entlang. Er genoss das Flanieren, die Touristen, die stehen blieben und drüben den Grand Palais bewunderten, die Jogger, die sich nach einem anstrengenden Tag im Büro hier noch anstrengenderen Tätigkeiten aussetzten.

An der Ecke, von der aus man den Eiffelturm sah, blieb er stehen und schüttelte den Kopf, lächelnd. Wie sich die Dinge in diesem Fall wieder gefügt hatten: einer der meistgesuchten Schwerverbrecher des Landes, gefasst, weil sein alter Freund Docteur Obert eine Vorliebe für Lammrücken hatte.

Lacroix ging noch eine Weile am Fluss entlang, dann stopfte er seine Pfeife neu und ließ sie wieder erglühen, bevor er gegenüber dem Quai Branly und dem gläsernen Museum für außereuropäische Kunst die Treppen vom Flussufer nach oben nahm und dann auf der Avenue Rapp gen Süden schlenderte.

In den Lücken zwischen den Häuserfronten auf der rechten Seite der kleinen Gassen blitzte jedes Mal der Eiffelturm auf, der über dem Champ de Mars thronte. Der Commissaire aber bog gegenüber in die Rue Saint-Dominique ein und nahm den vertrauten Weg, der darauf hinwies, dass er wieder einen Fall gelöst hatte. Denn an jenen triumphreichen Abenden nahm er das *dîner* traditionell in dieser Straße ein und in dieser Lokalität, deren Türen jetzt schon weit geöffnet standen. Die runden Lampen unter den Markisen, genau wie die rot-weiß karierten Tischdecken und das alte Besteck aus Laguiole, zeigten an, dass es sich hier um ein altehrwürdiges *bistrot parisien* handelte.

Christiane, die Wirtin, hatte natürlich mitgedacht, und so entdeckte er Dominique nicht etwa auf ihrem Stammplatz im Inneren des Ladens hinten an der großen Spiegelfront, sondern am schönsten Tisch auf der Terrasse, der etwas abseits stand, genau neben der Fontaine de Mars, dem plätschernden Brunnen, dem das Restaurant seinen Namen verdankte.

»Da bist du ja, *mon commissaire*«, sagte Madame Lacroix und stand auf, um ihren Mann zu umarmen. »Ich habe mich so gefreut, als Véronique ins Büro kam und sagte, dass du einen Tisch reserviert hast.«

»Du hattest eigentlich was anderes vor, oder?« In Lacroix' Stimme lag eine Spur von Besorgnis.

»Ein langweiliges *dîner* mit zwei Stadträten. Das habe ich sofort abgesagt, mit Verweis auf unabwendbare persönliche Verpflichtungen. Nichts anderes ist das doch hier, oder?«

»Du hast einfach immer recht. Ich weiß nicht, wie du das machst.« Sie mussten beide lachen.

»Ein gelöster Fall! Das bedeutet Umsatz«, sagte Christiane, als sie gut gelaunt an ihren Tisch trat. »Was darf ich euch bringen, meine Lieben? Vielleicht Champagner?«

»Ehrlich gesagt brauche ich eine kleine Champagner-Pause«, sagte Lacroix mit einem Zwinkern. »Können wir einfach eine sehr kalte Flasche Rosé bekommen? Du wählst aus, *ma chère*.«

»Und mit dem Essen warten wir noch? Ihr wollt sicher erst mal reden.«

Lacroix sah Dominique fragend an und nickte ihr dann sanft zu. Seine Frau sagte: »Nein, es ist schon alles klar. Wir nehmen zweimal die Steinpilz-Paté und danach die Seezunge für zwei. Aber die Köche können sich gern Zeit lassen.«

»Ich richte es aus. Da werden sie sich freuen. Ihr seht ja, was hier los ist.«

Sie hatte recht, sowohl der Innen- als auch der Außenbereich des Ladens waren rappelvoll. Die Pariser wollten sich offenbar noch mal am Spätsommer laben, bevor der graue Herbst sie in ihre kleinen Wohnzimmer verbannte.

»An deinem Gesicht sehe ich, dass es ein langer und gefährlicher Tag war, *mon commissaire*. Ich bin sehr froh, dass es dir gut geht, das kann ich dir aber sagen.« Dominique setzte eine strenge und gleichzeitig sanfte Miene auf. Etwas, das nur sie konnte.

»Es tut mir leid, dass ich dir Sorgen bereitet habe.«

»Wenn Docteur Obert das nächste Mal zu solchen Uhrzeiten vor dem Fenster steht, schicke ich ihn weg.«

»Er hat sich aber wirklich gelohnt, der ganze Wahnsinn.«

»Erzähl schon, *mon cher*.«

Doch vorher brachte Christiane den Weinkühler und eine vor Kälte beschlagene Flasche Clos Peyrassol aus der Provence, öffnete sie und goss ihnen ein. Dann entfernte sie sich schnell wieder, und die beiden Lacroix stießen an. Erst dann, nach dem ersten kühlen Schluck, begann der Commissaire seine Geschichte zu erzählen: von dem ausgeklügelten Plan des Schwerverbrechers Bidart und der geheimen Vaterschaft des Champagner-Moguls.

»Ein Mord, der nicht nach einem Mord aussehen durfte. Und das hecken die zusammen im Train Bleu aus? Wieso das denn?«

»Es ging ihm darum, einen Ort zu finden, an dem niemand Bertrand Bidart erkennen würde. Und die Verbrecher der Stadt halten sich eben selten in Sternerestaurants auf – und wenn doch, dann sind sie sich der Diskretion des Personals bewusst. Zudem wollte er das Treffen nicht in seinem Umfeld abhalten. Die Auswahl des Orts war sozusagen der erste Schritt in ein neues Leben, ein Leben des Reichtums und Ruhms. Deshalb das Train Bleu.«

»Und so schnappst du also ganz nebenbei einen der großen Clanbosse der Stadt.«

»Das war das Verdienst von Commissaire Violet. Sie hat ihn erkannt – und ihren Augen nicht getraut.«

»Was passiert jetzt mit ihm?«

»Er verbringt schon seine Untersuchungshaft im Hochsicherheitsgefängnis. Wir haben ihn nach Toul verlegen lassen, in die Lorraine, möglichst weit weg von Paris, damit er sich seine alten Verbindungen nicht zunutze machen kann.«

»Wird es schwer, ihn zu verurteilen? Schließlich hat er seinen Plan nicht in die Tat umgesetzt.«

»Diesen nicht«, sagte Lacroix, »aber er hat so viel auf dem Kerbholz, was wir ihm nun nachweisen können – Commissaire Violet und die Kollegen im Achtzehnten vergleichen jetzt alle Akten von offenen Fällen mit seiner DNS. Zudem bringt Mademoiselle Schneider morgen die Geschichte auf der Titelseite des *Parisien*. Da werden sich viele Menschen melden, Opfer, Männer, die seinen Platz einnehmen wollen – es wird sich sicher etwas finden, für das er viele Jahre sitzen wird.«

»Eine schreckliche Geschichte. Schließlich war auch er ein Opfer seiner Umstände.«

»Ich weiß, was du meinst«, sagte Lacroix nachdenklich. »Aber selbst, als er sich eigentlich entschieden hatte, die Seiten zu wechseln, wollte er dafür das schwerste Verbrechen überhaupt begehen, und das, ohne mit der Wimper zu zucken.«

»Weiß der junge Delacrue jetzt alles über die Hintergründe?«

»Wir mussten Reims schnell verlassen, um Bidart hinter

Schloss und Riegel zu bringen. Ich werde in den nächsten Tagen zu ihm fahren und ihm alles erklären.«

»Da komm ich mit. Ich wollte schon ewig mal wieder in die Champagne.«

»Gut, dann machen wir am Wochenende einen Ausflug. Er wird sich sehr freuen, der junge Delacrue. Ein wirklich außergewöhnlicher Mann.«

»Ich wusste von Anfang an, dass du ihn mochtest«, sagte Dominique lächelnd. »Aber ich verstehe auch, dass du heute etwas anderes trinken willst als einen echten Delacrue. Der Wein ist übrigens hervorragend. Aber so langsam habe doch Hunger.«

Wie aufs Stichwort kam Christiane mit zwei weißen Tellern mit dem roten Rand der Fontaine auf sie zu, darauf lag jeweils eine große Scheibe der Paté mit angebratenen Steinpilzen, dazu eine leuchtendgrüne Jus aus Petersilie und Koriander. Das Gericht sah erdig aus, herzhaft, und roch nach Wald. Der Herbst auf einem Teller.

»*Bon appétit, chérie*«, sagte Lacroix und griff hungrig zum Besteck.

»*Bon appétit, mon commissaire.*«

Paris / Berlin, Oktober 2024

Alex Lépic

Alex Lépics Commissaire Lacroix gelang schon mit seinem ersten Fall der Sprung in die Top 50 der *Spiegel*-Bestsellerliste. Eine Frage ließ die Bücherwelt allerdings nicht los: Wer ist dieser Alex Lépic? Der *WDR* berichtete: »Von Ulrich Wickert bis hin zu Sebastian Fitzek sind zahlreiche Namen gerüchteweise im Umlauf.« Manfred Papst spekulierte in der *NZZ am Sonntag*, ob vielleicht der »unermüdliche Publizist« Rainer Moritz dahinterstecke – oder gar Verleger Daniel Kampa selbst. Alles falsch. Den wunderbar altmodischen Commissaire Lacroix haben wir Alexander Oetker zu verdanken, der mit seiner erfolgreichen Aquitaine-Reihe um Commissaire Luc Verlain (Hoffmann und Campe) bereits bewiesen hat, dass er ein großer Frankreichkenner ist. Oetker, geboren 1982, ist der Frankreich-Experte von *RTL* und *n-tv*. Er lebte viele Jahre in Paris und berichtet bis heute über die Grande Nation. Oetker weiß, wie die Pariser ticken, er kennt die kleinsten Cafés und besten Restaurants. Heute pendelt er mit seiner Frau und den beiden Söhnen zwischen Südwestfrankreich, Brandenburg und Berlin.

KAMPA VERLAG

Carlo Feber
Der tote Champagner-Präsident
Cédric Bressons erster Fall

Kriminalroman

Dramatisch im Abgang:
Kommissar Cédric Bresson ermittelt in den sanft
geschwungenen Weinbergen der Champagne.

Ex-Kommissar Cédric Bresson genießt sein Glück als
frisch verheirateter Neu-Winzer in Lézy-le-Sec in der
Champagne, der Heimat seiner Frau. Doch sein Ruf als
beste Spürnase der Pariser Kriminalpolizei holt ihn ein:
Als inmitten der Weinberge Sylvain Clouet, Präsident der
einflussreichen Winzervereinigung Vigne d'Or, ermordet
aufgefunden wird, zwingt das Innenministerium Cédric,
die Ermittlungen zu übernehmen. Wie er neben der Arbeit im Weinberg und der Vorbereitung auf seine baldige
Vaterschaft noch ein Verbrechen aufklären soll, ist ihm
schleierhaft. Zum Glück bekommt er Unterstützung von
Maryses Tante Viviane, einer ehemaligen Filmdiva, die die
Ränkespiele hinter den Kulissen des Champagergeschäfts
bestens kennt.

KAMPA VERLAG

Maurizio de Giovanni
Zwölf Rosen in Neapel
Der erste Fall für Mina Settembre
Kriminalroman
Aus dem Italienischen
von Susanne Van Volxem und Olaf Matthias Roth

»Humorvoller Noir und schwarze Komödie –
ein Roman, der einen nicht loslässt,
ehe man die letzte Seite umgeblättert hat.«
La Repubblica, Rom

Gelsomina Settembre, von allen nur Mina genannt, ist
Sozialarbeiterin in einem der verkommensten Stadtteile
Neapels, dem Spanischen Viertel. Sie selbst stammt aus
besseren Verhältnissen, und so mancher wundert sich
darüber, mit welcher Verve sich die »Lady« für die Kran-
ken, Schwachen und Armen einsetzt. Nach dem Eheaus
mit Claudio, einem distinguierten Staatsanwalt, der Mina
immer noch hinterhertrauert, ist die 42-Jährige eher widerwillig wieder bei ihrer Mutter eingezogen. Doch es
gibt einen Hoffnungsschimmer: den tollpatschigen, dafür
umso attraktiveren Arzt Domenico, der seine Praxis neben
Minas Büro hat. Wenn Domenico nur endlich in die Gän-
ge käme … Unterdessen ist Minas Ex-Mann Claudio mit
einem rätselhaften Fall befasst: Ein Serienmörder macht
die Stadt unsicher. Nach jedem seiner scheinbar beliebigen
Morde findet man eine Vase mit zwölf Rosen am Tatort, einige verblüht, andere noch frisch. Was Claudio nicht weiß:
Auch Mina bekommt jeden Tag eine Rose …

KAMPA VERLAG

Dan Kavanagh
Heiße Fracht

Roman

Aus dem Englischen von Michel Bodmer

Wenn Luftfracht sich in Luft auflöst:
Duffy bekommt es am Heathrow Airport mit
einem üblen Schieberring zu tun.

Beim Luftfrachtunternehmen Hendrick Freights am Londoner Heathrow Airport fällt so oft ein Karton von der Palette und verschwindet, dass nicht allein Newtons Gravitationsgesetz daran schuld sein kann. Der Boss vermutet, dass einer von seinen Leuten kräftig nachhilft. Duffy, wie immer in Geldnöten, ist gerne bereit, das faule Ei im Nest zu finden. Dass aus dem Auftrag kein lahmer Nadel-im-Heuhaufen-suchen- oder Auf-dem-Hintern-sitzen-und-die-Augen-offenhalten-Fall wird, liegt nicht nur daran, dass Duffy bei jedem über die Lagerhalle donnernden Jumbo angsterfüllt denkt, die Maschine würde gleich abstürzen: Das Luftfrachtgeschäft entpuppt sich als so heiß, dass man sich daran nicht nur die Finger verbrennen, sondern gleich für immer einpacken kann.